KB054166

나는 아직 괜찮습니다

오늘의 부족한 나를 달래고
내일의 희망을 노래하는 법

김 정 한

달콤쌉사름

에 세 이

미래북
miraebook

PROLOGUE

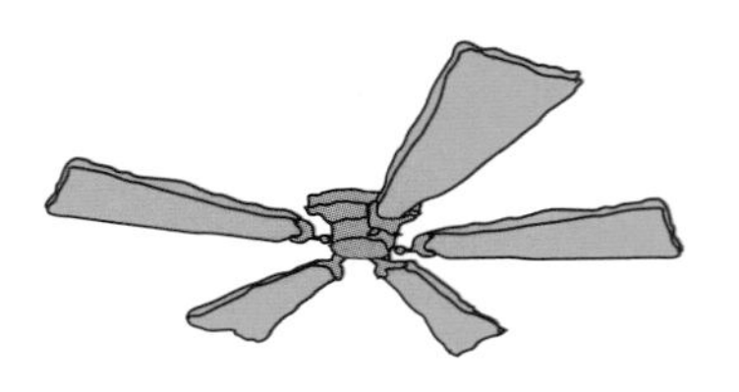

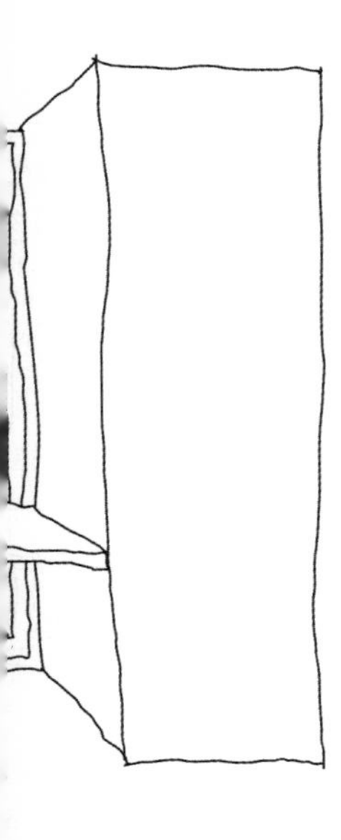

당신, 참 애썼다.

당신, 참 고맙다.
든든하게 믿고 꿋꿋이 따라와줘서.

당신, 참 든든하다.
휘청거리면서 반듯하게 일어서줘서.

당신, 참 존경스럽다.
죽도록 힘들면서도 살아내줘서.
이렇게 웃는 날을 만들어줘서.

당신 참 애썼다.
이렇게 찬란한 슬픔의 봄을 안겨줘서.

Contents

PART 3 나 어찌 살아왔을까

PART 4 나에게 치얼스

PART 1

걸어서 나의 별까지

생의 한가운데에서는

눈의 저울에 달고 슬퍼하지 않기를.

마음의 저울에 달고 기뻐하기를.

궁핍하도록 절약하여 결박 같은 것 하지 않기를.

익숙한 습관에 의지하여 평화롭기를.

결핍이 지독하여 궁핍이 되더라도,

행인을 만나 울기보다는 더 많이 웃기를.

사랑에 빠지고 이별하고 또 사랑하고,

반복되는 생활에 무뎌질 만큼 익숙해지기를.
삶의 수레 위에는 묵직한 것들이 오르내릴 때,
아주 가끔은 뒤에서 밀어주는 행인을 만나기를.
수레바퀴가 빠질 때 능력의 한계에 욕심내지 않기를.
덜어내고, 덜어내어 내 욕망의 수레를 끌어가기를.
생의 한가운데에서는 제발 그러하기를.

건너고 싶은, 건너야 할 그 너머를 향해

누구나 마음속에 그리운 섬 하나 보듬고 살아가죠. 그곳이 어릴 적 뛰어놀던 고향일 수도 있고 늘 꿈꾸는 새로운 피안의 세계일 수도 있지만 모두 나를 찾아가는 여행이에요. 누구나 여유가 생기면 훌훌 털고 떠나고 싶어 하죠. 물론 어딘가로 떠난다는 것은 정리를 하기 위해서거나 새로운 출발을 위한 것이에요. 떠나고 보면 다 내려놓는다고 하지만 결국은 부둥켜안아 한곳에 정착하기 위해서죠. 그 하나를 위해 누구의 간섭도 없는 곳에서 눈에 보이는 것들을 응시하면서 지난 시절, 지금의 골치 아픈 문제, 예상되는 미래까지도 불러내어 관찰하고 대화하게 되죠. 나의 지나온 역사의 민낯을 보며 나를 재판하기도 하고 위로하기도 하고 응원하기도 하죠. 어쨌든 여행은 때로 희망을 쌓지만 때로는 추억을 쌓는 거예요. 여행에만 몰입하게 되면 짧은 시간이지만 무한의 자유와 마음의 치유를 얻게 되죠. 그러나 그것도 선명한 목적을 향해 열심히 달려왔을 때만 가능해요. 1박 2일의 여행이라도 나를 위한 뭉클한 위로가 되죠.

나는 어릴 때 집에서 멀지 않은 간이역의 기찻길을 자주 걸었어요. 평행으로 이어진 철로에 끌려 기차가 기적소리를 내며 홈에 들어오면 친구들과 그 뒤를 쫓아가느라 정신이 없었죠. 또 집에서 멀지 않은 강에서 물장난 치며 놀던 추억도 아릿하게 다가오고요. 친구들과 신나게 노는데 우리를 비춰주던 햇빛이 강을 건너 산모퉁이로 돌아갈 때면 더 놀지 못한다는 생각에 아쉬워했어요. 그때를 생각하면 늘 마음이 푸근해져요. 마치 지금 그곳에 머물고 있는 것처럼.

마음속 그리운 섬으로의 여행은 어떤 의미일까요? 왜 가고 싶고, 또 그와 비슷한 곳을 찾아 떠나는 걸까요? 아마도 누구에게는 현실 도피일 수도 있고, 또 누구에게는 새로운 창조를 위한 충전의 시간이겠죠. 어떤 이유든 여행은 일상의 궤도를 밟아 가며 이루어지기에 자아실현을 위한 과정이에요. 여행하는 동안에는 내밀한 자아를 만나기에 순수하고 겸손해지죠. 어디론가 떠나면서

가면을 쓰고 가는 이는 없어요. 조금 더 순수하고 조금 더 따뜻한 마음으로 떠나게 되죠. 길을 나서는 순간 마음속에 그리운 섬을 향해 가기에 자유를 느낄 만큼 넉넉해지죠.

여행은 내밀한 자신까지 돌아보기에 아무리 거미줄처럼 뒤엉킨 것도 술술 풀어지게 해요. 여행지에서 마주친 낯선 여행자와 웃으며 초콜릿을 나눠먹는 넉넉함도 여행이 선물하는 기분 좋은

우연이죠. 그 우연한 마주침이 인연이 되기도 하니까요. 그러나 여행의 궁극적인 목적은 자아의 발견이에요. 지난날을 회상하며 반성하고 칭찬하고 응원하며 또 가까운 미래를 설계하는 것, 다시 말해 자신을 경건하게 이끌며 발전시키는 거죠. 시골 어느 후미진 간이역 대합실에서 목적지로 가는 기차를 기다리며 사유하는 시간이나 지난날의 잘못을 뉘우치는 것은 헛헛하고 쓸쓸하지만 한 걸음 앞으로 나아가기 위한 기회가 되니까요.

시간이 흐른 후에 이 순간을 떠올리면 눈물 나도록 좋을 테니까요. 아름답게 나이가 들어, 초연해지는 날에는 지금, 여기, 내가 마주한 사람이 눈물 나도록 그리울 거예요. 그러니까 행길에서도 추억을 쌓아가는 아주 특별한 기회가 되는 거예요. 커피하우스에 앉아 오가는 행인을 보면서 그들 가운데 투영된 순수한 민낯을 아주 객관적으로 읽을 수 있어요. 내가 누구이고 지금 어떤 모습으로 살고 있는지 발견하게 되는 거죠. 혼자서 산책하듯 걷다 보면 어느 때보다 평화로운 상태로 세상의 풍경을 음미하게 되죠. 그러면서 위안을 느끼는 거예요.

여행은 나름대로의 멋과 아름다움이 공존하죠. 특히, 순수한 마음으로 아름다운 것들을 보았을 때 느끼는 행복감은 이루 말할 수가 없어요. 낯선 도시의 아름다움을 마음으로 껴안으면 순간적인 희열을 안게 되죠. 그리고 다짐하죠. 다음에는 더 좋은 모습으로 다시 오겠다는 다짐 같은 거 말이에요. 마치 누군가를 뜨겁게 사랑할 때처럼 순간적으로 열정에 불타오르게 되죠. 다시 말해 새로운 희망에 대한 도전을 다짐하는 거예요. 물론 지난날에 대한 회상과 반성, 성찰이 없으면 희망을 갖게 되기는 어렵죠. 모든 것이 선명하게 정리되고 나서야 새로운 것에 대한 희망이 시야에 들어오니까요. 분명한 희망이 있어야 도전하게 되는 거잖아요. 그러니까 지난날에 대한 기억, 추억, 그리고 회상에 대한 심플한 정리도 여행이 안겨주는 아주 특별한 선물이에요. 반성과 성찰 후에 깨달음이 찾아와 진정한 교감, 공감을 안게 되니까요. 한때는 절대로 이해하기 힘든 일도 하게 되고 내 힘으로는 불가능하다고 생각한 것도 결국에는 가능하도록 힘을 안겨주는 것이 여행이에요. 여행은 깨달음이고 깨달음이 나와의 진정한 소통이에요. 어느

작가는 "여행의 양이 곧 인생의 양이다"라고 했어요. 여행을 많이 한 사람일수록 여백이 많아져 풍요로운 거예요. 그러니까 여행은 잃어버렸거나 선명하지 못한 나를 찾는 것이에요. 건너고 싶은, 건너야 할 그 너머를 향해 다시 도전하게 만드는 것이에요.

매일매일 감동

살면서 삶에 대한 정체성을 발견하지 못하고 한없이 비틀거리고 흔들릴 때마다 나에게 나침판처럼 방향을 제시해주는 시poem가 있는데요. 그중에서도 현대인의 영혼의 스승이라 불리는 에크하르트 톨레의 '삶이 너에게 해답을 가져다줄 것이다'라는 제목부터가 의미심장했어요. 그 안을 들여다보면 이런 말이 나옵니다.

"자신을 남과 비교하거나 더 많은 것을 이루려 애쓰지 마라. 불행해지는 방법에는 두 가지가 있다. 원하는 것을 갖지 못하는 것과 원하는 것을 모두 갖는 것이다."

그래요. 단 한 번 사는 인생인데 몸을 아프게 하면서 더 많은 것을 가진들 무슨 소용이 있을까요? 나중에 가지고 가지도 못할 건데요. 그러니까 분수를 지키고 적당히 욕망하며 몸을 고달프게 하지 않는 한계에서 최선을 다하면 되는 거예요. 그게 잘사는 해법이에요. 그러니까 잘사는 것은 '누구답게' 사는 것이 아니라 '나답

게Be myself' 사는 거예요. 그렇다면 '나답게' 살려면 어떻게 해야 할까요?

이 글을 쓰며 나 역시 여전히 해법을 찾기 위해 애쓰고 있는데요. 마음이 흔들리고 바빠집니다. 말 없는 씨앗도 씨앗으로만 남고 싶어 하지 않고 나무가 되고 싶어 하고, 나무가 되면 또 하늘로 치솟고 싶어 하죠. 생은 오죽하겠어요? 야망을 품되 이룰 수 있을 만큼 품어야 하고 그것을 향해 치밀하게 계획하고 정성을 다해 실천해야 하는데요. 가능과 불가능의 경계에서 올바른 선택을 하기가 쉽지 않다는 거예요. 목표하는 야망이 이루어져야 생의 희망은 빛으로 가득하잖아요. 그런데 올바른 선택과 집중을 한다는 게 쉽지만은 않아요. 마치 과녁을 통과한 화살이 목표물에 빗나가는 것처럼요.

잘살기 위해서는 지혜로워져야 해요. 그래서 지식을 모으기 위해 공부하죠. 지식은 책을 통해 배울 수 있죠. 지혜는 경험을 통해서만 배울 수가 있어요. 지혜롭게 살기 위해서 어느 것도 몸으로 체험하지 않고서는 희열과 고통을 정확하게 가늠할 수가 없어요. 그러니까 잘살기 위해 지혜를 찾아 도전하게 되고 도전의 시작은 끝이 무엇이든 새로운 경험이 되는 거죠. 결국 경험이 지혜롭게 잘사는 길을 열어주는 거죠. 경험하지 않고서는 원하는 것을 가질 수도 없고 아름다운 끝도 없어요. 어제의 아침과 오늘의 아침이 같아 보이지만 일어나는 모든 현상은 다르잖아요. 땀을 흘려 열심히 살지 않으면 당장 무언가는 보이지 않아요. 부지런히 땀을 흘려 정성을 한곳에 모으다 보면 길이 열리는 거죠. 누구를 위한 길이 아니라 나를 위한 새로운 내 길이 열립니다. 씨앗이 나무가 되려면 정성과 기다림의 시간이 필요하듯 생도 마찬가지예요. 어느 순간까지는 몰입을 하며 한곳에 온 열정을 다 쏟아부어서 일해야 해요. 그러고 나서는 겸허히 기다리는 거죠. 일한 데 대한 판단과 보상은 정확하니까요. 물론 죽을힘을 다해 애써도 희망하는 것보다 희망하지 않는 일들이 일어나기도 하죠. 당장 삶의 해답이 보이지 않아도 꿋꿋한 의지로, 반듯한 확신 하나로 뚜벅뚜벅 가면 되는 거예요. 희망의 파라다이스를 향해.

물론 무엇을 하든 정확한 내 것을 찾는 것이 중요해요. 남의 것을 좇아서 아무리 나아가 봐야 결국은 돌아서 나오게 되죠. 내 것을 찾아 내 몫만큼 끌어안아야 지치지도 버겁지도 않고 끝을 볼 수가 있어요. 그것이 모두가 원하는 보통의 존재, 보통의 행복이에요. 그 하나를 얻는 것이 참 어렵다는 거예요. 대부분 무겁지도 가볍지도 않은 그 무엇을 버겁게 끌어안고 생의 가장자리에서 맴돌고 있잖아요. 완벽해지려고 발버둥 치며 집착인지 애착인지 끌어안고 내려놓지도 못하면서요. 그럼에도 잃는 것은 많아지죠. 적당히 기억할 것은 기억하고 잊을 것은 잊고 내려놓을 것은 단호히 내려놓아야 하는데 다 부둥켜안고 있잖아요. 내 것인지 남의 것인지 분간하기 힘들 정도로 끌어안고 있잖아요. 정리 정돈이 안 될 정도로 쌓여가고 있어요. 이삿짐이 가득 쌓인 집처럼요. 그래서 더 지치고 힘이 들겠죠.

무엇이든 지나친 욕망과 집착은 많은 것을 빼앗아요. 몸도 영혼도 피폐해지죠. 그렇게 되기 전에 내 것이 아닌 것들은 과감히 정리하는 게 좋죠. 그래야 가벼워져 즐겁게 여행할 수 있잖아요. 생의 과정도 여행처럼 설레고 즐거워야 해요. 에크하르트 톨레가

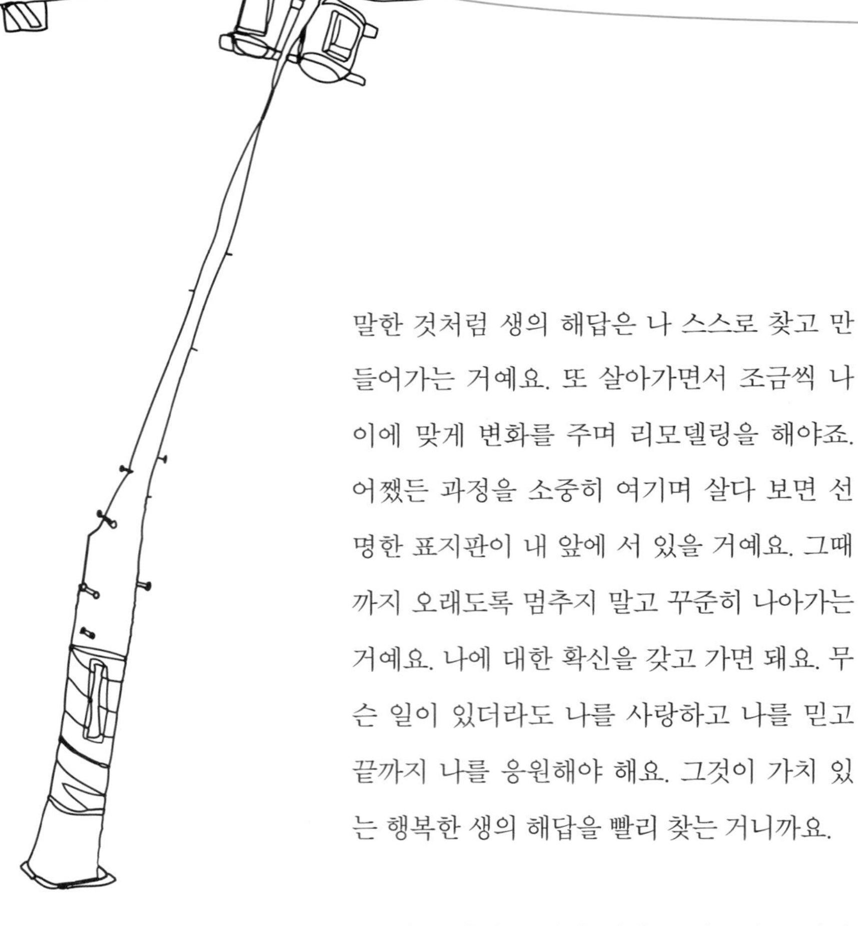

말한 것처럼 생의 해답은 나 스스로 찾고 만들어가는 거예요. 또 살아가면서 조금씩 나이에 맞게 변화를 주며 리모델링을 해야죠. 어쨌든 과정을 소중히 여기며 살다 보면 선명한 표지판이 내 앞에 서 있을 거예요. 그때까지 오래도록 멈추지 말고 꾸준히 나아가는 거예요. 나에 대한 확신을 갖고 가면 돼요. 무슨 일이 있더라도 나를 사랑하고 나를 믿고 끝까지 나를 응원해야 해요. 그것이 가치 있는 행복한 생의 해답을 빨리 찾는 거니까요.

생은 절대로 내가 원하는 대로만 흘러가 주지 않아요. 수시로 나를 테스트하죠. 눈물과 고통으로 시험하죠. 그럼에도 그대로 받아들이며 최선을 다하면 돼요. 어제가 만들어준 지금의 내 모습이 마음에 들지 않더라도 인정해야 해요. 더 노력하며 살면 오래지 않아 더 나은 모습으로 우뚝 서게 될 테니까요. 간디가 이렇게 말했어요.

"네 믿음은 네 생각이 된다. 네 생각은 네 말이 된다. 네 말은 네 행동이 된다. 네 행동은 네 습관이 된다. 네 습관은 네 가치가 된다. 네 가치는 네 운명이 된다."

그래요. 내 인생의 주인은 나예요. 아무리 내가 대단하지 않아 서운하더라도 믿고 응원하며 꿋꿋이 희망을 찾아 나아가면 돼요. 무엇을 하든 매 순간 '나는 누구인가, 지금 어디로 가고 있는가'를 스스로에게 질문하며 가야죠. 내가 찾는 삶의 가치도, 해답도, 가장 중심에 숨어 있을 테니까요. 단단한 껍질 속에 쌓여있는 부드러운 해답을 찾아야 해요. 스스로에게 질문하고, 답하며 그 질문에 맞게 실천하면 되죠. 질문에 진실하게 대답하며 정직하게 실천하는 것, 그것이 바로 그토록 찾던 해답이니까요.

살면서 '시간이 없다. 시간이 빠르게 흐른다'는 말을 자주 하며 살았어요. 그러나 그건 핑계였죠. 시골 어느 마을 염부의 손끝에서 태어나는 천일염은 햇볕에 내어 말리기를 스무 차례 이상 반복해야 해요. 치열한 속울음을 삼키며 흔들리고 방황했던 시간들을 염전에 묻으며 살찌웠죠. 수북이 하얗게 산을 이루는 소금은 희망의 높이였으니까요. 하루가 모여 인생이 되는 거예요. 인생 전체가 의미 있으려면 살아 있는 모든 순간들이 보람과 황홀감으로 충만해야죠. 감동 속에 머물러야죠. 이 세상에 혼자인 사람도 없고 혼자이지 않은 사람도 없어요. 때로는 홀로, 때로는 여럿이서 함께 가는 거예요. 살아가는 모든 사람은 혼자였다가 여럿이였다가 그렇게 반복하는 거예요. 다만 마지막 한걸음은 혼자 가는 거죠. 누가 뭐라 하든 올곧게 나의 길을 가는 거예요. 자신과의 약속만큼 철저한 가르침은 없어요. 소설을 쓰면서 가는 거예요. 때로는 남이 쓴 소설을 읽는 거예요. 소설을 쓰든, 남이 쓴 소설을 읽든 정답은 매일매일 감동이어야 한다는 거예요. 기쁨의 감동이

든, 슬픔의 감동이든 절절한 감동이어야 해요. 그러니까 일, 놀이, 사랑에 있어 하고 싶은 건 다 해보는 거예요. 유쾌하게요. 매일매일 혀끝에 닿는 것들이 죽도록 쓰도록, 달달하게 느껴지도록. 그리하여 심장이 뜨거워지도록.

그 축제를 지금부터 준비합니다

낯선 어디로 떠난다는 것은 해방과 또 다른 욕망을 표출하는 것이에요. 새로운 곳을 찾아 새로운 것을 보며 새로운 무엇을 발견해내는 것, 그것이 길 위에서 느끼는 카타르시스죠. 전혀 아는 사람 없는 후미진 마을을 서성대는데도 두렵지가 않고 편안해지는 이유는 뭘까요? 그것은 아마도 익숙한 것들(가족, 일, 고민)에서 잠시 해방될 수 있기 때문이죠. 길 위에서의 며칠, 아니 몇 시간이라도 독립된 나를 찾을 수가 있어요. 또 '과거'라는 시간의 단편을 불러내어 '토닥토닥, 쓰담쓰담' 하며 보상하는 순간이 되죠. 상처가 덧나지 않게 사랑으로, 때로는 냉철하게 비판도 하면서 스스로를 위로하는 시간이에요. 어떤 일, 결과물에 대한 자기 성찰의 시간이에요. 지나간 내 생의 한 토막을 불러내어 냉정하게 돌아보는 시간이에요.

나에게 위로를 준 길 위를 말하라 하면 난 당연히 강원도를 꼽

아요. 강원도는 내 생애 첫 번째 방황기였던 서른 초반에 찾아갔던 곳이죠. 독감에 시달리면서도 찾아갔던 곳이기에 그때 상황이 얼마나 절박했는가를 미루어 짐작할 수가 있겠죠. 멀쩡한 직장을 그만두고 새로운 길에 대한 중대한 선택을 해야 했으니까요. 한겨울 모진 칼바람을 맞아가며, 눈보라를 온몸으로 껴안으며 찾아갔으니까요. 그럼에도 낯선 길 위에서의 편안함은 생각 이상이었어요. 아는 이가 아무도 없으니까 누구의 눈치를 보지 않아도 되고 바닷가를 거닐며 소리 질러도, 흐느껴 울어도 누구 하나 뭐라 하지 않았으니까요.

그때나 지금이나 방황하며 비틀거리는 내 발길을 멈추게 하는 곳은 바로 황태 덕장이에요. 한겨울 걸었다 놨다 하며 분주하게 움직이는 노인의 치열한 일상을 눈으로 목격하게 되죠. 황태가 바람에 날려 떨어지면 주워 와서 또 걸고 눈이 수북이 쌓이면 또 가서 털어내며 겨울 내내 칼바람과 싸우면서 그 일을 해내는 거죠. 하루도 쉬지 않고 그 일을 반복하는 할아버지의 일상을 지켜

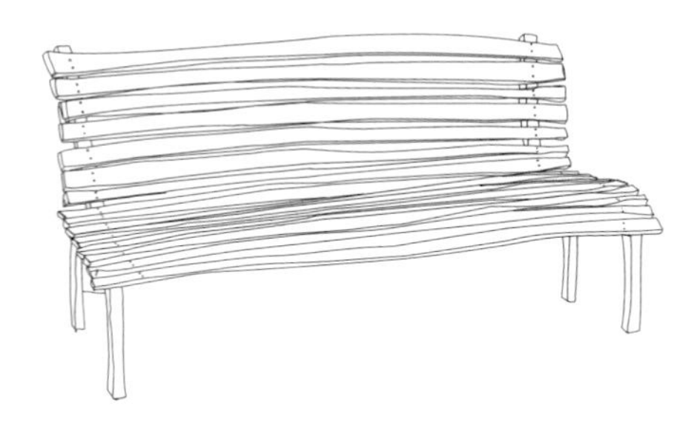

보며 혼자 중얼거렸죠.

'그래, 난 세상물정 모른 채 꽃길만 걸어왔어. 정신 차리라고 한 방 때린 거야. 그리고 실패한 거 맞아. 누구나 실패는 할 수 있어. 다시 일어서는 게 더 중요해. 다시 도전하면 돼. 나의 길로 가기 위한 신의 테스트일 뿐이야. 꿋꿋이 일어나 더 치열하게 가는 거야. 치열함을 이길 사람은 없을 테니까. 끝이 어디든 가는 거야. 난 아직 최선을 다하지 않았고 무게를 재고 숫자만 계산했어.'

혼자서 독백을 하며 중얼거리다 보니 새로운 자신감과 함께 용기가 생겼죠. 생의 변곡점을 만날 때마다 찾아가는 황태 덕장은 갈 때마다 속이 탁 트이게 하는 풍경이 한 편의 수묵화를 보는 듯하죠. 체감 온도 영하 20도를 오르내리는 칼날에 에는 듯한 바람을 온몸으로 맞으며 눈을 털어내고 바람에 날려 바닥에 떨어진 황태를 주워 다시 거는 팔순 할아버지의 모습에서 자신을 뛰어넘어 우뚝 선 한 인간의 아름다운 모습을 보게 되었죠. 또 인내심의 한계가 어디까지인가를 가늠할 수 없게 만들었죠. 그만큼 상상하지 못할 한계를 넘어서고 난 후에 찾아오는 자부심이 아마도 자긍심으로 이어지게 했을 거란 생각이 들었어요. 할아버지의 손놀림 하나하나에 빠르고 당당하고 자신감이 넘쳐났으니까요. 비록 어디가 살이고 어디가 마디인지 모를 만큼 바람에 튼 울퉁불퉁 주름 잡힌 손등, 성공의 흔적이라 말하기는 뭐해도 치열하게 살아 멋지게 성공한 생의 궤적을 보는 것 같아요. 집 안은 온통 방송에 나온 사진, 신문 스크랩까지 수없을 만큼 진열되어 있었죠. 황태덕장의 최고 장인이 사는 곳이라 할 만큼.

60년을 황태만 만지고 살아 지금은 자식보다 더 자식 같은 황태라고 말씀하시는 할아버지의 두 눈에는 잔잔한 눈물이 고였어요. 북어는 차디찬 바닷바람이 만들지만 황태는 눈과 찬바람이 만들죠. 황태는 영하 15도 이하에서 꾸준히 얼어야 하고, 3개월 동안 밤에는 얼었다가 낮에는 다시 녹으며 물기를 머금었다 뱉었다를 반복해야 도톰하고 폭신한 황태 살이 된다고 해요. 인고의 시간을 지나야 명품 황태가 태어난다고 봐야죠. 할아버지는 마른기침을 콜록거리며 중요한 말을 놓칠세라 연신 새하얀 입김을 품어 내며 말씀하셨어요.

"신발이 쩍쩍 달라붙을 정도의 칼바람을 안고 작업을 해야 하니 일도 고되고 힘들지. 하지만 가장 중요한 날씨가 돕지 않으면 황태 농사는 망하는 거예요. 비가 오면 안 되거든. 그래서 힘든 거예요."

정성을 쏟고 하늘이 도와야 만들어지는 것이 바로 황태라고 한 것처럼 반듯한 직장 생활을 하려면 '나는 나, 너는 너'라는 고집을 버리고 나와 내가 우리가 되어야 한다는 생각을 가지고 소통하며 배려해야 된다는 것이죠. 어울림 없이는 조직에서 살아가기가 힘드니까요. 그 해답을 찾고 보니 마음이 편안해졌어요.

'최선을 다하지도 않고 행운을 기다린 것은 아닌지, 조금 힘들면서도 죽을 만큼 힘들다고 과장한 것은 아닌지, 잘 풀리지 않거나 본의 아니게 내가 피해를 보았을 때는 세상 탓, 사람 탓을 한 것은 아닌지' 정말 많은 것을 돌아보게 하는 시간이었어요. 돌이켜보면 모래알 같은 작은 것이 암덩어리를 키우듯 어떤 일이 일어나는 데는 이유가 반드시 있죠. 그리고 시작은 미미하다는 것, 그것을 제대로 찾아 반듯하게 해결하지 않으면 나중에는 손쓸 수 없을 만큼 크게 터진다는 것을. 결국 원인은 나이거나 내가 아니더라도 세밀하게 따져보면 나와 연결되어 있다는 거예요. 좋아도, 싫어도, 아무리 아파도, 그래서 많이 힘들어도 밖으로 드러내지 않는 성격이 맘에 들지 않아 직장생활이 힘들었죠. 세상과 부딪치는 것이 죽을 만큼 버거워 내 성격에 맞는 작가로 살고 있죠. 이제는 너무 익숙해져 편안해요. 물론 직장 생활하면서 모난 성격 때문에 빼앗기고 잃은 것도 많아요. 그러나 새롭게 발견한 귀한 것들이 더 많기에 이렇게 작가로 살고 있는 거죠. 물론 지금의 내 모습도 많이 변했지만 근본적인 신념은 내가 이곳을 처음으로 찾았던 그때와 다르지 않아요. 그래서 좋아요. 한결같은 마음을 가질 수 있다는 것, 그것도 하고 있는 일에 대한 확신과 자신감이 존재하기 때문이죠.

마음이 정리되니까 배고파졌어요. 식당을 찾다가 우연히 만난 신문기자의 추천으로 백담사 근처에 있는 한옥 식당에 들어갔어요. 물론 당연히 황태구이를 주문했죠. 고민거리가 정리가 되니까 밥맛도 좋았고 일주일째 앓던 감기도 사라진 듯 몸이 가벼워졌어요. 다시 용대리를 지나 돌탑들이 장관을 이루는, 돌탑 사이사이 얼어버린 계곡에 깨진 얼음 사이로 수정처럼 맑은 강물이 흐르는 백담사에 도착했어요. 흐르는 계곡물을 보면서 생각했죠. 인간이 아무리 강물을 더럽혀 놓아도 물은 흐르면서 깨끗해진다는 것을. 그러면서 또 비운다는 의미에 대해 생각을 했죠.

'무엇을 어떻게 비워야 될까?'

비움, 참 많은 생각을 하게 하는 단어이고 또 많이 비웠다고 생

각하는데 또 지나고 나서 지금 이때를 돌이키면 여전히 후회는 남겠죠.

나를 찾아 나답게 산다는 것은 불가능한 일들, 없는 길, 없는 다리를 하나씩 내 손으로 만들어 가는 거예요. 내 발에 폭신폭신한 내 길을 만들어 가는 거예요. 새로운 결심을 하고 도전을 마음속에 새기고 나니 마음이 바빠져요. 다시 출발점에 서 있어요. 새 희망을 위해 새 마음으로 정정당당하게 부딪쳐야죠. 다시 시작하는 강력한 힘을 모아서요. 나를 믿고, 사랑하고, 끝없이 응원하면서요. 푸른 날갯짓으로 멋지게 날아올라야죠. 새롭게 펼쳐질 희망의 그곳을 향하여 5년 후 지금을 돌아보며 환하게 웃으며 칭찬할 수 있도록 멋진 도전을 준비해야죠. 후회하며 또다시 패배를 인정하고 싶지 않아요. 행복과 불행은 분명 종이 한 장 차이라지만 준비된 승리로 준비된 행복을 안고 싶어요. 5년 후 새하얀 벚꽃이 피는 그 봄날에는 환하게 웃고 싶어요. 그 축제를 지금부터 준비합니다.

희망이 부재중이지만
한 번이라도 만나고 싶다면

헤르만 헤세가 쓴 시 '안개 속에서'에 보면 이런 말이 나오죠.

기이하여라, 안개 속을 거니는 것은!
삶은 외로운 것
어떤 사람도 다른 사람을 알지 못한다
누구든 혼자이다

그래요. 인생은 투명하지 않아요. 그리고 누구나 혼자죠. 인생이 투명하다면 누구든 불안에 휩싸여서 하루도 살지 못하거나 희망에 넘쳐서 가슴이 터져 버릴지도 모르죠. 내 앞에 다가오는 것들이 한눈에 보이기 때문에 두려울 거예요. 차라리 안개처럼 잘 보이지 않아 다행인지도 몰라요. 흐려져 있어 앞에 무엇이 있는지 알지 못하기에 때로는 모험을 하면서도 당당히 안개 속을 헤쳐 나

가니까요. 미지의 것을 개척하여 내 것으로 만드는 것이 생이고 그래서 경이로운 거죠.

잠깐 장밋빛으로 보일 수도 있지만 대부분은 그리스 신화에 나오는 '시지프스의 노역'을 생각하게 되죠. 제우스의 노여움을 사서 거대한 바위를 산꼭대기에 올려놓는 형벌을 받는 시지프스, 올려놓으면 다시 굴러 떨어져 똑같은 일을 반복하는 것이 생이라는 거죠. 그럼에도 그 속에는 희망도 있고 사랑도 있으며 기쁨도 슬픔도 괴로움도 있어요. 생은 투명하지 않기에, 기이하기에, 예측할 수 없기에, 도전이라는 모험을 하게 되죠. 여행은 목적지를 정하지 않고 가기도 하지만 생은 반드시 목적지를 정해서 가야 해요. 목적지를 정하지 않으면 방관자가 되어 중심 잡지 못하고 남의 생을 따라가게 되죠. 목적지를 바라보며 열심히 달려야 쉬고 싶은 순간이 생기고 멈췄을 때 비로소 살아 움직이며 떠나가는 것들을 볼 수가 있어요. 눈부시게 빛나는 햇살, 멈출 줄 모르고 쏟아지는 비, 언제 떠올랐는지 모른 듯이 사라지는 석양을 보며 우주의 섭리를 생각하게 되죠.

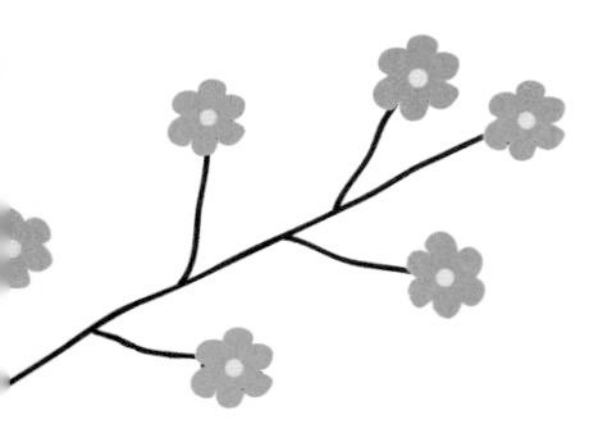

자연이 또 다른 계절의 옷을 갈아입기 위해 쉼 없이 변신을 거듭하듯 생도 마찬가지예요. 열심히 뛰는 사람 위에는 높이 날아다니는 사람도 있고, 천천히 걸어가는 사람도 있고, 멈추어 서서 쉬는 사람도 있어요. 또 한결같이 삶을 포기한 듯 식물인간처럼 멈춘 사람도 있어요. 끌려가듯 맹목적인 것은 생이 아니에요. 욕심이 지나치면 위험하나 목적이 있는 적당한 욕심은 삶의 이유가 되죠. 내 욕심이 남에게 상처를 주지 않을 정도가 적당한 욕심의 크기예요. 그 욕심을 존중하며 다른 이에게 상처를 주지 않고 살아야 해요. 다른 나무와 부딪치지 않기 위해 최소한의 간격을 유지하며 살아가는 나무처럼요. 자연이나 사람이나 보이지 않는 간격을 지키며 사는 것이 상처를 적게 주며 함께 잘 살아가는 서로에 대한 예의죠. 새들이 바닥을 치며 푸닥거려야 훨훨 날아 하늘에다 발을 닿는 것처럼 기적은 바닥에서 태어나는지도 몰라요.

20세기 최고의 물리학자 알버트 아인슈타인은 인생에는 두 개의 삶이 있다고 했어요. 하나는 모든 것이 기적이라고 믿는 삶, 또 하나는 기적 같은 건 없다고 믿는 삶. 어떤 삶이든 목숨을 걸면서 지독하게 노력해야 기적을 만나죠. 화려한 학벌, 인맥, 돈이라는 날개가 없으면 두 발로 달려야 해요. 한 다리가 불편하면 쉬지 않고 걸어서라도 목적지에 가야죠. 포기하지 않고 가야만 기적을 만나게 되니까요. 땀과 눈물로 절인 듯 짠내가 나고 입에서는 단내가 나고 발이 부르트도록 치열하게 살아야 기적의 주인공이 될 수가 있어요. 그러니 앞으로 나아가면서 젖는 것을 두려워해서는 안 돼요. 도전을 하여 실패에 젖든, 슬픔에 젖든, 젖는 것을 두려워하지 말아야 해요. 젖고 또 젖어야 해요. 눈물인지, 빗물인지, 기쁨의 눈물인지, 슬픔의 눈물인지 가늠하기 힘들 때까지 젖어 봐야 해요. 더 젖을 것이 없을 때까지. 그래서 지쳐 떠날 때까지 내버려 둬야 해요. 모든 것은 때가 되면 다 흘러가게 되어 있어요. 바람 불면 비가 오게 되어 있고 비가 오면 또 무지개가 뜨고 다시 환해지니까요. 젖은 것들을 바싹 말려 쌀알 같은 환한 햇살이 쏟아져 내릴 때까지 기다려야 해요. 끝까지 몰입하면서요. 안개 속처럼 흐릿한 게 생이라 하지만 노력해서 살다 보면 한 번쯤은 안개의 힘을 물리치고 빛이 존재하는 곳으로 나아가게 되니까요.

브렛 브들러는 희망을 이렇게 말했어요.

"이루어질 꿈도 이루어지지 않을 꿈만큼 불확실할 수 있다."

낙타는 험난한 길을 떠날 때도 두려워하지 않잖아요. 물 한 모금 마실 수 없는 사막을 지날 때도 낙타는 걸음을 멈추지 않잖아요. 낙타의 등에는 물이 담긴 생명의 주머니가 있기 때문이죠. 희망은 절대 보이지 않아요. 가슴으로 느껴질 뿐이에요. 희망이라는 것이 쉽게 보이는 것이었다면 판도라의 상자가 열렸을 때 가장 먼저 날아갔겠죠. 희망은 깊숙이 잘 보이지 않는 곳에 숨어 있기에 마지막까지 남을 수 있는 거죠. 희망의 크기, 색깔은 사람마다 달라요. 물론 같은 희망을 가진 사람에게는 똑같은 모습으로 느껴지겠죠. 무작정 기다린다고 해서 희망이 찾아와 주지 않아요. 희망은 만들어가는 것이니까요. 희망은 한곳에 머물기를 좋아하지 않아, 언제든지 무관심하거나 망설이면 다른 곳으로 날아가 버리니까요.

기다림 없이 가질 수 있는 건 별로 없어요. 우리가 간절히 원하

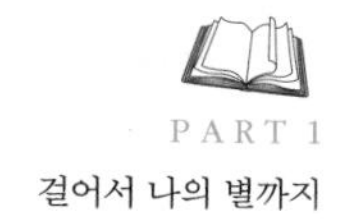

는 희망도, 절망이 뿌리고 간 푸른 씨앗이에요. 도전하고 또 실패하고 절망해야 희망을 찾으려 몸부림치게 되죠. 짙은 향기, 희망의 가시를 품은 붉은 장미가 되려면 참고 기다려야 해요. 나는 여름에 만날 사람을 기다리고, 너는 가을에 만날 시험을 기다리고, 또 누구는 겨울에 세상과 마지막 인사를 할 그때를 기다려야 해요. 기다리면서도 나는, 술 익듯 익어가야 해요. 희망이라는 생명의 주머니를 생각하며 어둠을 견뎌야 해요. 지금 희망은 부재중이지만 한 번이라도 마주하고 싶다면 어둠을 넘어서야 해요. 곧 희망을 품은 새벽이 올 거예요. 그때까지 열심히 최선을 다해 꿋꿋이 가야 해요. 희망의 붉은 해가 내 품에 안길 때까지 뚜벅뚜벅 가야 해요.

독수리처럼, 달팽이처럼

하늘의 제왕이라고 하는 독수리는 커다란 날개를 퍼덕이며 창공을 날죠. 달팽이는 두꺼운 등껍질과 유연한 몸체로 벽면에 바싹 붙어 몸을 늘였다 줄였다 하며 살아가죠. 독수리는 강하고 동작이 빨라 예리하지만 달팽이는 약하고 느리죠. 독수리는 잔인하고 사납죠. 그러나 동작이 느린 달팽이는 좀처럼 다른 생명을 해치지 않죠. 두 생물체는 태어나면서부터 하나는 하늘에서 또 하나는 땅에서 살아가도록 정해졌어요. 그리고 전혀 닮지 않은 동물이에요. 그러나 두 생물체가 같은 점이 한 가지 있어요. 바로 높은 곳에 오를 수 있다는 거예요. 수많은 과학자들은 연구를 통해 두 생물체에 대해 여러 가지 사실을 알아냈어요. 독수리는 큰 날개를 이용해 높이 오를 수 있기 때문에 강한 동물이 되었죠. 독수리는 단시간 내에 재빨리 적을 공격하고 달아나기 때문에 쉽게 다치지 않아요. 날짐승의 세계에서는 오직 강해야 살아남을 수가 있으니까요. 독수리의 어린 새끼들도 마찬가지예요. 그들은 한 번에 두 개의 알을 낳죠. 알이 부화하여 새끼 독수리가 되면 먹이도 주지 않고 서로 싸우게 하죠. 결국 둘 중 더 힘센 놈이 약한 놈을 잡아먹는 거죠. 잔인해 보이지만 독수리들은 그렇게 진화해 왔어요.

달팽이도 높은 곳에 오를 수 있어요. 조금은 고집스러워 보이는 달팽이가 높은 곳에 오를 수 있는 비결은 바로 두꺼운 등껍질 때문이에요. 대부분이 탄산칼슘으로 되어 있는 달팽이의 등껍질은 단단한 보호막 역할을 해요. 달팽이는 적의 공격을 받으면 재빨리 등껍질 안으로 몸을 숨겨 안전하게 피하잖아요. 저녁에 주로 활동하는 달팽이는 낮에 쉴 때도 온몸을 움츠리고 껍질 속에 들어가는데 이는 몸에 점액질이 없어지는 것을 방지하여 생명을 유지하기 위해서예요. 달팽이가 무거운 껍질을 지고 어렵게 기어가는 것을 보고 안타까워 등껍질을 떼어 준다면 달팽이는 죽어버리죠. 달팽이에게 등껍질은 귀찮고 버겁지만 평생 동안 지고 살아가야 할 생명줄이라는 거죠. 독수리의 날개나 달팽이의 등껍질이나 각자 자신을 보호하면서 살아가기 위해서는 꼭 필요해요. 독수리든 달팽이든 서로 다른 곳에서 살아가지만 살아가는 방법이 다를 뿐이에요. 독수리는 몸집도 크고 하늘을 날기에 눈에 잘 보이죠. 힘찬 날갯짓은 자유롭게 보이고 웅장하며 거칠 것이 없어요. 무거운 등껍질을 짊어지고 느리게 나아가는 달팽이를 눈여겨보는 사람은 별로 없잖아요. 그럼에도 두 생물체는 똑같은 기적을 이룰 수 있어요. 달팽이 등껍질과 독수리의 날개는 같은 역할을 하고 있어요. 높은 곳에 올라가는 기적을 이뤄내잖아요.

간절히 원하는 것을 이루기 위해서는 독수리처럼 빠르게 날렵하게 움직이든가, 달팽이처럼 느리지만 꾸준히 가든가 둘 중에 하나예요. 독수리처럼 거침없이 빠르게 움직이더라도 중간에 포기하면 아무런 소용이 없죠. 달팽이처럼 느리게 가더라도 포기하지 않고 끝까지 가면 원하는 것을 이뤄내죠. 빠름의 독수리의 방식이든, 느림의 달팽이의 방식이든 끝까지 가는 것이 중요해요. 미국의 16대 대통령인 링컨이 이런 말을 했어요.

"나는 느리게 가는 사람이다. 그러나 뒤로 가지는 않는다."

그래요. 빨리 가든 느리게 가든 나에게 맞추어야 해요. 어딘가에 맞춘다는 것은 수평을 이룬다는 거예요. 넘어지고 흔들리지 않게 균형을 맞춘다는 거죠. 그러니까 높이기보다는 낮춘다는 의미예요. 생이라는 마라톤, 어떤 경우든 지나간 코스에 집착하지 말고 마음을 비우며 가야 해요. 오르막이든 내리막이든 마라톤은 똑같은 코스가 계속 이어지지 않아요. 또 지나간 것을 마음에 두면서 뛰면 남아 있는 코스는 부담만 되죠. 끝까지 완주하는 그 하나만으로도 박수를 받아야 해요. 매일매일 눈뜨며 맞이하는 일상은 언제나 새로운 출발이에요. 희망을 가져야 해요. 보이는 것들뿐만 아니라, 보이지 않는 것들의 수고로움을 기억해야 해요. 처마 끝에서 꾸준히 떨어지는 작은 물방울에 단단한 돌이 파이는 것처럼, 지금 흘리는 작은 땀방울이 반듯하고 소중한 자리를 선물한다는 것을 잊지 말아요.

뚜벅뚜벅 걸어서 나의 별까지

"산다는 것은 걸어서 별까지 가는 것"이라고 말한 최고의 화가 고흐의 전시회를 갔어요. 생전에 고단하게 살다 간 고흐의 그림을 마주할 때마다 느끼는 거지만 불우했던 시간이 오버랩 됩니다. 끝 모를 지독한 결핍에 시달렸고 그 상황을 잊고 싶어 그림에 몰입했겠죠. 풍요를 위한 희망의 의지를 화려하고 밝은 노란색에 담아 짙게 덧칠했는지도 모르죠. 작품에 대한 느낌은 작가의 의도와 달리 해석되기도 하니까요. 세상에 알려진 것처럼 고흐가 자신의 왼쪽 귀를 자른 건 그로테스크한 사건으로만 기억되지 않아요. 죽은 많은 사람들이 말하는 것으로는 반드시 화가 고갱과의 싸움 때문만 아니라, 동생 태오의 결혼 소식 때문만이 아니라 정신분열, 음주, 사랑받고 싶은 욕망이 하나가 되어 폭발된 것이라고들 하죠. 물론 진실은 본인만이 알겠죠.

고흐의 해바라기 작품도 좋지만 개인적으로는 '별이 빛나는 밤'를 좋아해요. 강렬하면서도 잔잔한 여운이 담겨 있으니까요. 살

아생전에 작품이 거의 팔리지 않았기 때문에 자신이 그리고 싶은 대로 그림을 그린 듯해요. 어쩌면 자유로운 표현을 선택한 것이 최고의 작가로 만든 게 아닌가 해요.

빈센트 반 고흐는 살아생전에는 큰 성공을 거두지는 못했어요. 그가 죽은 뒤 파리에서 그의 작품이 전시되었고 그 이후 명성은 날로 높아져 갔고 현재까지도 고흐의 작품은 많은 사람들에게 잊혀지지 않는 강렬함으로 감동을 선물해 주고 있죠. 비루한 시간을 자책하며 결핍 속에 살았기에 그림에 모든 영혼을 아낌없이 투하했겠죠. 가진 것이 하나도 없으면 두려움이 없어지잖아요. 아무튼 불우했던 어린 시절부터 그를 괴롭혔던 정신적인 고통과 고독, 외로움에 대한 보상이랄까요. 살아서 누리지 못한 영예를 죽어서는 찾았으니까 절반의 성공이라 해야 하나요?

슬픈 일생을 닮은 고흐의 그림에서도 말해주듯 어쩌면 삶이란 게 그림을 그리는 거란 생각을 해요. 물론 스케치까지는 누군가의 도움이 필요하겠죠. 청소년기를 지나 청년기에 접어들면 스스로 본격적인 그림을 그려나가죠. 물론 타고난 인연의 복이 많아 주변의 도움을 받아서 빠르게 그림을 그리는 사람도 있고, 타고난 인연의 복이 없어 처음부터 고단하게 그림을 시작하는 사람도 있겠죠. 누구나 수채화처럼 맑고 깨끗한 그림을 그리고 싶어 해요. 살다보면 그렇게 되지는 않죠. 대부분 의도와는 다르게 유화를 그려가며 살게 되죠. 그러니까 도전을 많이 할수록 굴곡진 마디가 많아 덧칠을 자주 해야 하니까요. 유화는 종이가 아닌 캔버스 천에 그려지니까 얼마든지 덧칠로 가리고 새로운 색으로 화려하게 변화시킬 수가 있어요. 마음만 먹으면 새로운 그림으로 멋지게 태어나기도 하니까요. 감추고 싶은 고단한 생의 마디도 겹겹이 덧칠할 수 있으니까요. 아마도 일생을 가난하게 살다 간 고흐는 간절한 희망을 기다림으로 덧칠하고 기다림을 또 다른 희망을 덧칠하는 것을 반복했죠. 물론 미완성으로 생을 마감했지만요. 어쩌면 그가 선택한 표현기법은 사회의 불합리하거나 앞으로 다가올 정신적 변화에 대한 두려움, 고통을 그림이라는 천재적 예술로 담아

냈죠. 다시 말해 내밀한 고통과 두려움을 외적으로 드러내 자신만만한 성취감을 얻고자 노력한 거죠.

그러니까 어떤 그림을 그리든 생의 그림은 늘 덧칠을 해야 하는 미완성이라는 거죠. 감추고 싶은 것, 드러내고 싶은 것을 덧칠하는 거예요. 덧칠이 많을수록 그만큼 도전을 많이 했다는 거예요. 덧칠이 두꺼울수록 경험을 많이 했다는 거예요. 그래서 기쁨도 슬픔도 많았다는 거예요. 그 전부가 어우러지면 어느 하나 도드라지지 않고 코끝이 찡한 하나의 아름다운 그림이 되는 거예요. 걸어서 별까지 가면서 단 한 장의 그림을 남기는 것이에요. 소중한 것을 지키기 위해 출렁이는 기쁨과 슬픔을 다스리며 이 순간을 힘껏 껴안아야 해요. 때로는 강렬하게 빛나면서, 때로는 애틋하게 포옹하고, 잔혹하게 휘청거리며 걸어서 나의 별까지 가는 거예요.

취하라,
답해줄 때까지

'두 번은 없다. 반복되는 하루는 단 한 번도 없다. 그러므로 너는 아름답다.'

폴란드의 여성 시인이자 번역가인 비슬라바 쉼보르스카의 시집 『끝과 시작』에 수록된 시 '두 번은 없다'에 나오는 구절인데요. 생각해 보면 매일 먹는 밥도, 매일 보는 하늘도 똑같지는 않죠. 시인은 또 아무리 바보 같은 학생일지라도 인생이라는 이름의 학교에서 낙제란 없다고 했어요. 누구에게든 공평한 것이 있다면 단 한 번 살다 가는 거예요. 매 순간 여럿이 있는 것 같지만 무엇을 결정할 때에는 나 혼자라는 거죠. 홀로 걷고 달리며 멈추어 영원히 쉬는 것이 인생이에요. 홀로이기에 외롭고 고독한 거죠.

마치 덩그렇게 저 혼자 나 있는 길처럼 말이죠. 그러니 길과 인생은 너무나 닮았어요. 길을 가다 보면 평탄한 길도 만나고 울퉁불퉁한 길도 만나잖아요. 예기치 않은 곳에서 사고도 나고요. 모파상의 소설 『진주 목걸이』에 보면 허영에 가득한 주인공 르와젤

이 남편 직장 상사의 집에 초대받아 모조품의 진주 목걸이를 빌려 하루를 즐겁게 살다가 그 목걸이를 잃어버리고 난 후 진주 목걸이와 디자인이 같은 목걸이를 사다가 친구에게 돌려주고 부부는 10년 동안 빚을 갚기 위해 돈의 노예가 되어 살아가죠. 주인공 르와젤이 빚을 다 갚고 난 후에야 진주 목걸이가 가짜라는 것을 알게 되죠.

살다 보면 누구나 한 번쯤 주어진 삶을 뒤로한 채 남을 따라가다가 허영이라는 덫에 걸려 넘어질 때가 있어요. 넘어지고 나서야 지금 살고 있는 생이 내 것이 아니라 남의 것이라는 것을 깨닫게 되죠. 조금 일찍 깨닫는 것, 조금 늦게 깨닫는 것 그 차이만 있을 뿐이에요. 조금 더 일찍 찾은 사람은 조금 더 많이 행복한 순간을 만나는 것이고 늦게 찾은 사람은 불행한 순간을 더 많이 만나게 되죠. 그러나 똑같이 길 위에서 웃고 우는 것은 마찬가지예요. 천국과 지옥도 수시로 오가죠. 오늘 행복의 문을 열고 들어가더라도 내일은 불행의 문을 열어야 해요. 행복도 만나고 불행도 만나고 때로는 실패도 만나면서 작은 성취를 이뤄가는 거예요.

세상에는 두 종류의 삶이 있는 것 같아요. 하나는 삶의 패턴을 조직에 맞춰 그 조직의 규범과 원칙에 따라 스스로를 통제하며 사는 거고, 또 하나는 조직을 벗어나 스스로 정한 규범과 원칙에 따라 자유롭게 유랑하며 사는 거예요. 나도 한때는 다람쥐 쳇바퀴 돌듯 조직에 의해 틀에 박힌 생활도 해보고 지극히 자유롭게 유랑하며 하고 싶은 것을 하며 살기도 했지만 어떤 것이 이상적이고 행복한지 단정 지어 말할 수는 없어요. 둘 다 장단점이 있으니까

요. 조직이라는 틀에 맞춰 살다 보면 안정되지만 수직의 인간관계 때문에 힘들고, 자유로운 것을 선택하다 보면 모든 것을 독단적으로 책임을 져야 하기 때문에 불안하죠.

그러나 어떤 생을 선택하든 행복의 조건이 되는 돈, 명예, 좋은 성격, 권력, 건강을 모두 다 갖추고 살아가는 사람은 없어요. 불완전하기에 조금 더 완전해지려고 노력하는 거죠. 그러는 과정에 흔들리고 주저하며 방황하게 되는 거죠. 그 과정을 거쳐야 새롭게 깨닫는 지혜가 생기는 거죠. 무엇이든 경험하지 않고서는 깨달음, 지혜를 얻을 수가 없어요. 열 번의 실패에도 깨달음이 있어요. 경험에 의해 수천 번 수만 번을 울고 웃으며 살아가는 거예요. 지나온 시간을 돌아보며 행복했다고 말하더라도 자세히 들여다보면 불행한 때도 있어요. 또 오래도록 불행했다고 말하는 사람에게도 행복한 순간은 있죠. 다만 더 많이 행복하고 더 많이 불행하기에 그것들이 가려질 뿐이에요. 누구든 행복에, 불행에 영원히 면역이 되어 살아가지는 않아요. 한 번의 기쁨이 찾아오면 오래지 않아 한 번의 슬픔을 만나게 된다는 거죠. 세상 모든 사람들이 다 행복한 척하지만 그 안에는 본인만 아는 외로움과 고통이 있다는 거죠. 웃다가 울다가 행복하다가 불행하다가 건강하다가 아프다가 하며 살아가는 거예요.

그러니까 스스로를 지배하고 이길 수 있는 사람만이 성취의 꽃도 피고 성공의 열매도 딸 수 있어요. 잠시 한눈판 사이에 일 년이 지나고 10년이 지나가죠. 아름다운 생의 정답은 없어요. 오로지 해답만 있을 뿐이에요. 그 해답도 단답형이 아니라 서술형이죠. 세상에게 해답을 묻지 말고 살면서 답을 찾아내야죠. 정답은 내 안에 있으니까요. 오늘을 잘사는 것, 오늘 최선을 다해 살아가는 것, 오늘에 푹 취하는 것, 그것이 최상의 해답이에요. 산다는 것도 시인 비슬라바 쉼보르스카가 말한 것처럼 '반복되는 하루가 단 한 번도 없기에' 두려움 속에서도 경이롭고 설레고 아름다운 거죠. 그냥 이 순간에 푹 취하면 그만이에요. 오늘이 없으면 내일도 없어요. 일이건, 사랑이건, 술이건, 춤이건 내 뜻대로 푹 취하면 그만이에요. 취하다 보면 대답해 줄 거예요. 푹 취해 봐요. 바람이,

물결이, 별이, 새가, 시계가, 지나가는 모든 것들이, 울부짖는 모든 것들이, 노래하는 모든 것들이, 살아 움직이는 모든 것들이 힘찬 박수로 대답해 줄 거예요.

11월, 기다리며 사유할 시간

시간 앞에 말없이 무릎을 꿇는 11월, 달 밝은 가을밤 창가에 서면 근원을 모르는 그리움이 목까지 차오릅니다. 사방에서 영혼이 앓는 소리가 들립니다. 길가에 연약한 몸을 애처로이 휩쓸리며 가녀린 손짓을 하는 코스모스 행렬, 무리 지어 처연한 아름다움을 자랑하는 들국화의 애잔한 미소, 붉게 물든 빨간 단풍잎, 북풍에 황금빛을 더해 가는 노란 은행잎, 청명한 하늘에 낮게 낮게 날다가 꽃잎에 살포시 내려앉아 휴식을 취하는 빨간 고추잠자리, 풀벌레들의 합창이 이제 막 자리를 떠났어요.

가을이 없었다면 인간에게 철학이 없었을 것이라던 어느 시인의 말처럼 깊어가는 밤에 봄, 여름 그리고 가을, 치열하게 달려온 지난 시간을 되돌아보네요. 나의 정원에서 딴 사과를 보며 회상에 잠깁니다. 누가 시켜서가 아니라 가을이 오면 저절로 하게 되는 자연스러운 풍경이에요. 어딜 가나 수북수북 양탄자가 된 푹신한 단풍을 밟으며 이효석의 '낙엽을 태우면서'라는 글을 생각하기도 하고, 가을인 듯, 겨울인 듯 분간이 안 가는 만추의 공원길을 거닐면서 첫사랑에 애타는 소년, 소녀가 되기도 하죠.

대학 다닐 때 프랑스 시인인 구르몽의 '낙엽'이라는 시를 참 좋아했어요. 나는 사계절 중에서도 유독 가을을 좋아해 가을이 먼저 온 곳을 찾아 만나러 갑니다. 혜화동 대학로를 지나다 보면 어김없이 고엽이라는 노래가 흘러나오죠. 커피하우스에서든, 쇼핑몰에서든 또 한 편의 서정시가 세상을 가득 채우죠.

시몬, 나무 잎새 저버린 숲으로 가자
낙엽은 이끼와 돌과 오솔길을 덮고 있다
시몬 너는 좋으냐, 낙엽 밟는 발자국 소리가…
낙엽 빛깔은 정답고 쓸쓸하다
낙엽은 덧없이 버림을 받아 땅 위에 있다
시몬 너는 좋으냐, 낙엽 밟는 발자국 소리가…

석양의 낙엽 모습은 쓸쓸하다
바람에 불릴 적마다 낙엽은 상냥스러이 외친다
시몬 너는 좋으냐, 낙엽 밟는 소리가…
가까이 오라, 우리도 언젠가는 가련한 낙엽이리라
가까이 오라, 벌써 밤이 되었다
바람이 몸에 스민다
시몬 너는 좋으냐, 낙엽 밟는 발자국 소리가…

'우리도 언젠가는 가련한 낙엽이리라.'

이 말이 아프게 다가옵니다. 한때 울창한 푸르름을 자랑하기도 하고 노란 자태를 뽐내기도 했던 그 잎새들이 쓸쓸히 낙엽이 되어 이리저리 차이고 있는 것을 보면 울적해지는 것은 당연하죠. 나이가 들수록 가을은 살아온 날들에 대한 회한과 고백의 시간이 됩니다. 늙어가는 것이 서글퍼서, 아니면 이루지 못한 것이 아쉽기 때문인지도 몰라요. 그래서 더욱 낙엽 밟는 발자국 소리가 처연하게 들리나 봐요.

낙엽은 봄을 위해 자신을 버리죠. 나무는 생명의 재창조를 위해 가지에 달린 잎새를 털어내죠. 다음을 준비하기 위해서요. '탈리脫離'라고 해요. 나무에 달린 수많은 잎들이 떨어지고 소량의 양분으로 나무는 겨울을 견디죠. 너를 위한 나의 버림, 너의 자리를 위해 나의 자리를 비워주는 마음이 나무의 마음이에요. 눈물겹도록 아름다운 희생적인 사랑이죠. 그렇게 떨어진 낙엽은 그 나무가 추운 겨울을 무사히 넘길 수 있도록 나무에게 따뜻한 이불이 되어주고, 바람의 도움을 얻어 이리저리 밀려가 여름 폭우로 패인 자리, 드러난 뿌리들을 가만히 덮어주죠. 따스한 봄이 오고 새싹이 나올 때면 봄비에 자신의 몸을 적셔 이제는 썩어서 나무에게 거름이 되어 주죠. 기력이 쇠한 나무를 위해서 자신을 썩혀 거름이 되어 주는 것으로 비로소 모든 것을 마감하는 낙엽의 일생, 그 매력, 숭고함이 우리의 발길을 붙잡는 거죠.

떨어지는 잎들은 보통 쇄락은 물론 죽음까지 연상하게 합니다. 이해인 수녀님의 시 '낙엽'에 보면 이런 말이 있어요.

"이승의 큰 가지 끝에서 내가 한 장 낙엽으로 떨어져 누울 날은 언제일까 헤아려보게 한다."

화려함의 정점 한가운데서 떨어지는 낙엽이니 아름다움과 사라져 가는 쓸쓸함이 공존하는 것이고요. 다만 누구에게는 쓸쓸함으로 누구에게는 아름다움으로 각자의 상황에 따라 느껴지는 것이 다를 뿐이죠. 또 누구는 시간 윤회의 한 과정이라며 큰 의미를 두지 않아요. 그러나 치열하게 경쟁하는 건조한 삶이 계속될수록 자연이 주는 울림은 깊고 강하죠. 의, 식, 주가 우리가 살아가는 데 있어 필요조건이라 한다면, 감정과 사유는 인간답게 살아가기 위한 필요충분조건이니까요. 우리는 자연을 가까이 해야만 삶에서 받은 상처를 치유할 수가 있어요. 사람에게 받은 상처를 사람에 의해 치유하기도 하지만 사람에 의해 치유 받지 못할 때가 있어요. 사람의 힘으로도 안 되는 치유는 자연이 해주죠. 그래서 봄에는 봄꽃 구경, 여름에는 바다로 산으로 휴가를, 가을에는 단풍 구경, 겨울에는 눈꽃을 보기 위해 떠나는 거잖아요.

누군가가 말했어요.

"가을은 우리가 무엇을 이루었는지, 이루지 못한 게 무엇인지, 그리고 내년에는 무엇을 하고 싶은지를, 생각해 볼만한 완벽한 시간이다."

계속 반복되는 계절 중 누군가가 12월을 일 년의 끝으로 설정

해 놓았죠. 모든 자연이 마치 죽음을 맞는 것 같은 느낌 때문일까요? 아무튼 우리는 이제 종점인 겨울을 향해 치닫고 있습니다. 물빛은 가을빛에서 겨울빛으로 새 옷을 갈아입습니다. 낙엽 떨어지는 소리가 '쿵' 하고 가슴을 칩니다. 불과 일주일 전에 가을을 찬양하며 들었던 윤도현 씨의 '가을 우체국 앞에서'가 점점 낯설어지고 조용필 씨의 '그 겨울의 찻집'이 가슴을 파고드네요. 못내 아쉬워 다홍빛 여운을 남기고 파란 하늘을 지우며 바람처럼 허무하게 사라지네요. 이제 눈부신 봄과 화려했던 여름의 기억, 붉은 단풍의 진한 감동을 훌훌 털어내야죠. 다시 무채색의 시간으로 들어가야죠. 낙엽을 떨구고 옷을 벗는 나무, 벌거벗은 나약한 그 몸으로 겨울을 견뎌내는 단단한 나무로 돌아가야죠. 눈부신 봄과 화려했던 여름의 기억을 훌훌 털어내고 가을과 겨울의 아름다운 경계에서 모호하게 겹치는 그 비밀의 통로로 들어가야죠.

시인 릴케가 노래한 것처럼 사유의 시간 내내 '오래 깨어서 책을 읽고 긴 편지를' 써야죠. 다름 아닌 나 자신에게요. 내년에는 평생 방랑자가 아닌 편안히 안주할 수 있는 아늑한 집을 짓기 위해서요. 내 안으로 깊숙이 빠져들어 고뇌하고 또 고뇌하여 깨달음을 안아야죠. 또 나의 힘을 벗어나는 것들은 시간의 힘을 빌려야죠. 슬픔도, 아픔도, 잘못된 것, 사고의 고통까지도 흐르면서 달래주고 바로 잡아주는 시간의 힘에 의지해야죠. 11월을 '모두가 사라진 것은 아닌 아직도 해야 할 일이 있는 달'이라고 했던 인디언족들의 말을 깊이 새기면서요. 아름답게 갈무리를 하며 깊이 사유해야죠. 반성과 계획으로 새로운 준비를 해야죠. '성취'만을 고집하지 말고 계절 따라 변화하고 새 옷을 갈아입는 자연이 되어 진정한 거둬들임과 비움으로 기다리며 사유해야죠. 깊게 차분히.

아무리 지난하더라도 가야 할 곳이 남아 있다

류시화 시인의 시 '낙타의 생'에 보면 이런 문구가 있어요.

사막에 길게 드리워진
내 그림자
등에 난 혹을 보고 나서야
내가 낙타라는 걸 알았다
혹이 한쪽으로 기울어져 있음을 보고서야
무거운 생을 등에 지고
흔들리며 흔들리며
사막을 건너왔음을 알았다

우리의 생이 낙타의 생과 닮았다는 생각을 많이 해요. 두툼한 입술, 요염한 콧구멍, 그리고 슬픔에 잠긴 듯한 눈망울을 가진

짐승, 낙타는 등에 혹을 달고 양분과 물을 저장하며 더위와 추위를 견뎌 살아가죠. 굵은 털이 몸을 덮어 추위와 더위를 이기고 발바닥은 넓적해서 모래와 눈에 잘 빠지지 않아요. 낙타는 주인에게 길들여져 주인을 섬기며 살죠. 우리의 생이 낙타와 닮은 이유는 주인이 허락한 생의 무게를 등에 지고 평생을 걸어가야 하니까요. 그림자 하나로도 모래벌판의 완벽한 풍경화를 만들어주는 낙타, 목이 길지만 눈빛은 부드럽고 사막을 걷는 내내 눈은 늘 젖어 있어요. 마치 세상의 모든 슬픔을 저 혼자 안고 삭이듯. 낙타는 현재에 충실하고 순종과 침묵으로 인내하며 주인을 섬기죠. 등에 주인을 태우고 또 주인의 무거운 짐까지 지고 사막을 묵묵히 걸어가는 것을 숙명으로 여기죠. 매일 생의 무게를 지고 묵묵히 견뎌내는 사람처럼.

나무를 보아도 하늘을 보고 자라는 나무와 집 안에서 천장을 보고 자라는 나무의 생은 다르죠. 집 안의 나무는 태풍이 불어도 끄떡없지만 햇빛을 제대로 보지 않아 힘이 없어요. 마당의 나무는 비바람을 맞아가며 더욱 깊이 뿌리를 내리기 위해 죽을힘을 다하죠. 뜨거운 햇볕이 내리쬐면 나무는 더 많은 물을 빨아들이며 짙은 초록을 뽐내죠. 살기 위해 저 혼자 치열하게 감당하는 거죠. 우리의 생도 마찬가지예요. 신은 누구에게나 자기 그릇만큼의 어깨를 짓누르는 무게를 안겨주었어요. 스스로 감당할 수 있을 만큼의 짐을 어깨에 실어 주었어요. 그 무게를 스스로 인내하며 감당해내야 그 무게만큼의 행복을 안게 되죠. 더 많은 것을 욕망하거나 자신의 무게도 감당치 못해 내려놓거나 하면 쓰러지거나 흔들리는 거예요. 지옥 같은 쓰나미를 만나는 것도 능력은 부족한데 하늘의 별을 욕망하기 때문이에요. 허영과 욕망의 덫이 늪에 빠지게 하고 스스로를 몰락시켜요.

낙타에게도 목적지가 있듯 반드시 목적지를 정해서 가야 해요. 그리고 낙타처럼 묵묵히 가야 해요. 아무리 지난至難하더라도 가야 할 곳이 남아 있으니까요. 한 걸음 두 걸음 꾸준히 가야 해요. 한 걸음 두 걸음 꾸준히 나아가야 고비사막을 넘는 낙타처럼 지난한 고비를 넘길 수 있어요. 사막을 지날 때도 낙타는 걸음을 멈추지 않잖아요. 물론 낙타의 등에는 물이 담긴 생명의 주머니가 있기 때문이지만요. 인간도 마찬가지예요. 희망이라는 생명의 주머니가 있기에 견디며 사는 거죠. 지금 내 운명에 만족을 하지 못한다면 그래서 운명을 확 바꾸고 싶다면 시간의 주인이 되어 내가 이끌어야 해요. 잘사는 것에 대한 정확한 사용설명서는 없어요. 분수를 지키며 욕망을 내려놓고 산다는 것이 쉽지는 않지만 겸손하게 내 것만 탐해야죠. 그것에 맞게 계획하고 실천해야죠. 작정하고 달려들면 원하는 것을 얻게 되니까요. 다만 허영은 버려야 해요. 욕심을 부리면 보이지 않던 것도 욕심을 내려놓으면 보이니까요. 아무런 의심도 없는 가장 편안하고 소박한 몸놀림이어야 해요. 나보다 내 그림자가 더 든든하게 보이도록 아우성에 가까운 절절함으로 나아가요. 처음부터 노래를 잘하는 나도 좋지만, 노래를 잘하기 위해 노력하는 내가 더 멋지잖아요.

PART 2

찬란한 슬픔의 봄

그대 어디 있나요

그대, 어디 있나요.
하늘인가요.
땅인가요.
저 푸른 바다인가요.
대답 좀 해주세요.

이제야 왔습니다.
때늦은 마음 전하러 왔습니다.
온 산을 뒤덮은 동백꽃보다 붉고 선명한
내 마음을 전하러 왔습니다.

들어주세요.
당신에게 전하고 싶은 말
이제야 고백합니다.

무척 보고 싶었다고.
죽도록 그리웠다고.
그걸 참아내느라 힘들었다고.

제발 힘을 주세요.
나에게 힘을 주세요.
우주 안에 그대의 별에
훨훨 날아갈 수 있게
힘을 주세요.
제발 나에게 큰 힘을 주세요.

그대, 어디 있나요.
하늘인가요.
땅인가요.
저 푸른 바다인가요.

나에게 보내는 주문, 메멘토 모리, 카르페 디엠

장사익 콘서트에 다녀왔어요. 가까운 객석에 앉아 노래하는 모습을 직접 보니 신선했죠. 비가 추적추적 내려선지 애절하고도 맵고 칼칼한 그의 노래가 귀에 감겼어요. 그가 부른 '봄날이 간다'에는 이런 가사가 나오죠.

연분홍 치마가 봄바람에 휘날리더라
오늘도 옷고름 씹어가며
산제비 넘나드는 성황당 길에 꽃이 피면 같이 웃고
꽃이 지면 같이 울던
알뜰한 그 맹세에 봄날은 간다

단맛, 쓴맛을 다 맛본 예순다섯의 가객歌客이 부르는 노래에는 보통 사람들의 삶의 궤적이 담겨 있는 것 같아 코끝이 찡했어요. 누구나 거쳐 가야 할 생의 희노애락이 물결에 출렁이듯 넘실거렸

어요. 그의 노래는 생애 최고의 순간을 되새김질할 때에는 환하게, 굴곡진 마디를 넘어갈 때에는 눈가에 눈물이 고일 만큼 촉촉해졌어요. 시인은 한 편의 시에 인생을 담아내지만 가수는 3분 동안 한 걸음 두 걸음 걷고 숨차게 달리다가 쓰러지던 순간들을 노래에 담아내죠. 그러니까 시인은 시에 인생을 담고 가수는 노래에 인생을 담는 거죠. 듣고 있는 내내 전율이 휘감아 깊은 울림이 심장을 꽉 채웠어요. 들으면서도 완전히 몰입이 되고 지나온 내 생도 돌아보게 되더라고요.

예술도 진정성과 자존감이 중요하죠. 또 하나는 연륜이에요. 장사익은 마흔다섯에 첫발을 내디딘 소리꾼이죠. 지금은 유명한 가객이지만 농부의 아들로 태어나 무역회사, 보험회사, 제지회사, 가구회사, 카센터…. 30년 사회생활 동안 열대여섯 곳을 떠돌았다고 해요. 그래서일까요? 그의 노래에는 애절함과 간절함이 묻어났어요. 노래를 듣노라면 별을 본 듯 반짝이는 울림이 있어요. 삶의 마디가 많을수록 그 애절하고 간절한 울림은 듣는 이에게 깊게 투영되죠. 나이 마흔여섯에 홍대 앞 소극장에서 노래를 해야 했던 늦둥이 소리꾼 가객, 재즈와도 아카펠라와도 너무 잘 어울리는 가슴으로 노래하는 가객, 어떤 노래를 부르든 긴 호흡으로 기름 짜듯 통곡의 목소리가 절절하죠. 노래를 듣노라면 힘들었던 내 삶의 한 고비가 스쳐 지나가죠. 생각해보면 늘 그랬어요. 찰랑이는 햇살처럼 기적은 늘 곁에 있지만, 항상 날개를 달아주지 않았어요. 절박한 마음을 담아 간절한 행동을 보일 때 내 손을 잡아 주었죠. 이탈리아 격언에 이런 말이 있어요.

'메멘토 모리Memento mori, 카르페 디엠Carpe diem

죽음을 기억하라, 이 순간을 즐겨라.'

무엇을 하든 언제 죽을지 모른다는 사실을 인정하며 여기, 이 순간now and here을 사랑해야죠. 스스로를 감동시킬 만큼 최선을 다 해봐야죠. 행복이 무엇인지. 행복은 보이는 것이 아니라 느껴지는 것이잖아요. 다른 사람은 몰라도 본인은 알아요. 정말로 최선을 다했는지. 결과가 무엇이든 최선을 다했노라는 사실을 깨닫는 순간 눈물이 나오죠. 그리고 마음속에서는 만족 그리고 감동의 물결이 출렁이죠. 무엇을 하든 목적어는 행복이잖아요. 행복의 기초가 되는 것은 자존自尊이에요. 자존을 영어로 표현한다면 'Self-respect' 스스로를 사랑하고 귀하게 여기며 존경한다는 의미가 되죠. 자존감이 높은 사람일수록 자신이 하는 일을 사랑하잖아요.

그러니까 꿈을 시작하기 전에 먼저 높고 넓게 꿈틀거리도록 자존감을 키워야 해요. 그러고 나서 내가 무엇을 위하여 살고, 무엇을 위하여 죽어야 행복한지를 정확하게 알아야죠. 숱한 파고를 넘나들다 마흔다섯에 노래를 시작한 기적의 주인공, 무대에서 웃고 우는 멋진 가객 장사익이 되고 싶다면 운명 같은 꿈을 찾아 용기 있게 도전해야죠. 꿈을 향하여 푸른 날갯짓을 해야죠. 꿈의 주인공은 먼저 도전하는 자의 몫이에요. 넓은 창공을 향하여 힘차게 날아요. 주저하지 말고 두려워하지 말고 멋지게 비상해요. 저 너머에 운명 같은 꿈의 손짓을 향해.

애썼어요,
조금만 더 애써 봐요

최승자 시인의 시 '삼십 세'에는 '이렇게 살 수도 없고 이렇게 죽을 수도 없을 때 서른은 온다'고 했고, 김종길 시인은 그의 시 '성탄제'에 '서러운 서른 살 나의 이마에 / 불현듯 아버지의 서느런 옷자락을 느끼는 것은 / 눈 속에 따 오신 산수유 붉은 알알이 / 아직도 내 혈액 속에 녹아 흐르는 까닭일까'라고 표현했어요. 또 가수 김광석의 '서른 즈음에'에서는 '점점 더 멀어져 간다. 머물러 있는 청춘인 줄 알았는데…'라고 노래했죠.

나 역시 시간을 거슬러 서른 무렵을 돌이켜보면 김광석의 노래 '서른 즈음에'를 좋아하지 않았어요. 그 이유는 당연히 서른이 되면 대단한 무엇이 될 거라 생각한 것 같아요. 원하는 꿈을 이루어 원하는 것을 가득 채울 거라 생각한 거죠. 또 김광석의 노래 가사에 나오는 '매일 이별하며 산다'는 말을 이해할 수가 없었어요. 아마도 쓸데없는 자만심으로 가득 차 있었기 때문인 것 같기도 하고, 또 한국에서 여자 나이 서른이 되면 느끼게 될 불안함과 쓸쓸함 때문인지도 몰라요. 그러나 이십 년이 훌쩍 지난 지금에서야 이 노래를 즐겨 듣고 있어요. 들을 때마다 느낌도 다르고 진리처럼 콕콕 찌르는 가사에 고개를 끄덕이게 되죠.

공자는 서른을 이립而立이라 했어요. 학문의 기초를 닦아 자립한다는 의미죠. 서른이 되면 세상 이치를 깨닫게 되는 시기죠. 그러나 가끔은 현실과 이상이 하나가 되지 못하기에 방황하고 흔들리기도 해요. 그래서 아무거나 맘대로 저지를 수 없는 때가 서른이에요. 강은교 시인은 서른을 '새장 문을 열어줘도 더 이상 날아가지 못하는 새'라고 표현했죠. 아마도 삶과 죽음 사이에 어정쩡하게 양다리를 걸치고 있는 나이가 서른이 아닌가 싶어요. 이렇게 그냥 살자니 고통스러운 세상사를 너무 많이 알아버렸고, 또 다 모른 척하고 죽자니 책임지고 있는 일들이 너무 많다는 거죠.

그만큼 서른은 견뎌내야 할 것들이 쓰나미처럼 밀려드는 시기예요. 서른은 철이 든 꿈의 높이로 세월을 가늠하는 시기이기도 하지만 때로는 꿈조차 꿀 수 없을 만큼 고단한 시기도 되죠. 누군가에게 서른은 단조롭게만 느껴지고, 누군가에게는 롤러코스터의 요동이 수없이 일어나요. 무엇보다 중요한 사실은 서른의 세상은 모래사막과 진흙의 늪이 공존한다는 거예요. 그럼에도 휘청거릴 정도로 발바닥에 굳은살이 박일 정도로 뛰어야 할 나이예요. 서른에 기초를 단단히 쌓지 않으면 마흔의 미래는 모래성과 같으니까요.

그렇다고 서른이 가장 힘든 나이라고는 생각하지 않아요. 어떤 나이든 나름의 고충이 있으니까요. 꼭 서른이 흔들리고 방황하는 시기라고 단정 지어 말할 수는 없어요. 누군가는 스무 살에 흔들리며 방황하기도 하고 또 누군가는 마흔 살에 그런 과정을 겪기도 하니까요. 일반적으로 정체성이 뿌리를 내리는 시기가 서른 즈음이라 그때가 많이 힘들다고 말할 수 있어요. 사람들은 이십 대에는 무엇을 꼭 해야 하고, 삼십 대에는 이 정도의 위치에 있어야 하고, 중년이 되면 더 높은 것을 이뤄내야 한다고 정형화된 프레임

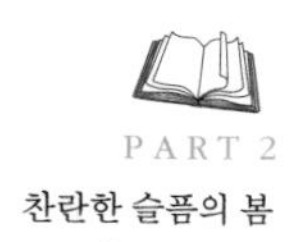

을 주장하지만 반드시 그렇게 되지는 않아요. 높이 올랐다가도 하루아침에 추락하기도 하니까요.

나이보다 중요한 것은 내 나이가 몇 살이든 있는 그대로 받아들이고, 지금 할 수 있는 것을 하나씩 해나가는 것이죠. 그러니 채운 것이 없는 서른 살이라 해서 지레 겁먹을 필요는 없어요. 나이를 받아들이는 것은 나 자신을 있는 그대로 인정하는 것의 출발이니까요. 스스로를 세상의 잣대에 맞춰 상처주지 말고 있는 그대로 주어진 내 앞의 일을 잘 해내면 되는 거예요. 그것이 내가 당당해지는 힘이에요. 주어진 일을 잘 해내지 못하니까 흔들리게 되고 남의 것을 기웃거리게 되고 방황하는 거죠. 어떤 나이가 되든 현실에 적응하면 선택의 갈림길에도 덜 서게 되고 옆길로 세지도 않고 똑바른 길로 가게 되는 거예요.

스물이든, 서른이든, 마흔이든 현실을 부정하면 여전히 숱한 흔들림으로 방황하게 되고 노력하는데도 잘 안될 수가 있어요. 또 이전보다 더 많이 실패하고 좌절할지도 몰라요. 그러니 서른에 맞는 작은 기회도 소중히 여기고 사랑하는 사람들과 함께할 수 있음에 감사하며 하루하루를 충실히 보내야 해요. 서른의 충실한 생은 중년의 삶을 더 풍요롭게 평화롭게 만들어주니까요. 그 어느 때보다도 서른의 삶은 몰입과 열정, 그리고 정확성이 요구된다는 것을 명심해야 해요. 지금 당장 이 나이엔 꼭 무엇을 해야 하고, 어떤 사람이 돼야 한다는 강박을 내려놓고 조금 더 자유로운 마음을 가지고 현실에 충실하면 되는 거예요. 서른이라는 나이를 떠나 '지금 이 순간'에 최선을 다하면, 그런 순간들이 쌓이고 쌓여 단단한 서른이 되고 넉넉한 중년, 나누는 노년이 될 수 있어요. 무엇이든 하루아침에 이루어지는 것은 없으니까요.

자꾸만 실패하는 서른, 흔들리고 방황하는 막막한 서른, 이룬 것 없는 서른이라 생각하지 말아요. 없다는 것, 부재는 헛된 욕망이 떠나가는 것인지도 몰라요. 내 욕망이 없거나 부족하다고 인정하면 그만이에요. 내가 감당할 만큼의 욕망을 담고 살아가면 돼

요. 욕망이 십 년, 이십 년 후의 내 모습을 어떤 풍경으로 만들지는 나에게 달려 있어요. 확신을 가지고 내 욕망만큼만 욕심낸다면 지금보다 더 풍요롭고 여백이 많은 시간을 가질 거예요. 실패의 기억을 되새기며 희망의 출구를 향해 한 걸음 내딛는 거예요. 미래의 멋진 나의 풍경은 내가 만드는 거예요. 멋진 나를 만들기 위해서는 이전의 나쁜 기억, 아픈 추억, 두려움을 뛰어넘는 용기를 발휘해야 해요. 실패, 흔들림, 방황에 수없이 난타당해야 고요가 주는 편안함을 느낄 수가 있어요. 지나고 보면 무엇이 될 수 있다고 믿었던 누구도, 무엇이 되려던 누구도 없어요.

그리스 시인 소포클레스가 한 말 "네가 헛되이 보낸 오늘은 어제 죽은 이가 그토록 그리던 내일이다"를 가슴에 새기며 현재에 충실하면 그만이에요. 버리고 가져야 할 것이 무엇인지를 정확히 알아 제 몸을 붉게 태우는 나무이면 되는 거죠. 당장 무엇을 얼마만큼 이뤄냈는지 증명하려들지 말고 세상을 향해 과감히 나를 열어요. 실수도 하고 실패도 하며 무수히 살을 베이는 상처를 안더라도 원하는 곳을 향해 한 걸음 두 걸음 앞으로 내딛어요. 혼신의 힘을 다해 한 걸음 내디디면 그다음은 쉽게 걸어갈 수 있어요. 힘내요. 당장! 흔들리고 방황했던 나약한 마음 다 털어내고 자리를 박차고 일어나요. 서툴고 더디면 어때요. 끝까지 가면 돼요. 지금까지 잘 견뎠어요. 애썼어요. 조금만 더 애써 봐요. 우뚝 당당히 서는 멋진 날을 만들어 봐요.

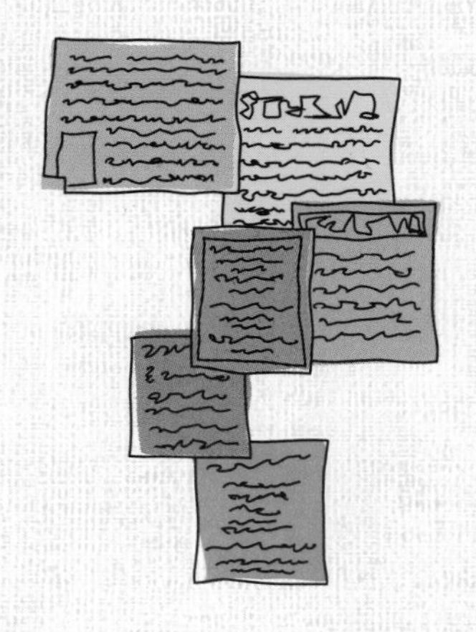

용기를 내봐

용기를 내봐.
이대로 주저앉기에는 억울하잖아.
지나온 시간이 아깝잖아.

용기를 내봐.
이대로 포기하기엔 억울하잖아.
조금만 더 가면 종착역이 보일 텐데.

힘들면 조금 쉬어.
포기하지는 말아.

하늘을 봐.
웃고 있잖아.
큰소리로 웃어봐.
괜찮아진 거야.
그럼 높이 뛰어봐.
힘껏 솟아봐.
너의 발자국이 선명해지도록.

앞으로의 봄은 찬란할 겁니다

걸어야 길이 되고 멈추어야 비로소 세상이 보인다는 것을 조금 더 일찍 알았더라면 얼마나 좋았을까요? 또 무엇을 하든 사유思惟해야 무언가를 얻게 된다는 것을 미리 알았더라면 적게 방황하고 흔들렸을 텐데요. 늘 깨달음과 후회는 늦게 찾아옵니다. 앞으로 얼마나 많은 시간이 남아있는지 모르지만 여전히 간절히 원하는 것들이 밀려왔다 쓸려갔다 흐르다가 멈추다가 원칙을 깨며 춤을 춥니다. 기억이 자꾸만 흐려지고 가난해지고 쓸쓸해집니다. 그럼에도 꽉 붙들게 됩니다. 더 이상 놓치지 않기 위해 간절하고 절박한 마음으로 붙들어야 합니다. 수많은 시간을 보내고 화려하게 떠오르는 해와 노을 진 석양이 편안해질 만큼 익숙해지고 돌이킬 수 없는 일들이 너무나 많으니까요. 억지로라도 어찌해서라도 마지막 인사가 담담히 느껴지는 날에는 환하게 웃고 싶으니까요.

떠나가는 지난至難했던 시간들, '안테로스(욕망의 신)'의 눈물이 나를 겸손하게 만들었습니다. 내게 채워지던 것들, 그것에 채워지던 나의 것들, 첩첩한 욕망을 뚫고 전신을 휘감던 검은 불꽃은 내려놓습니다. 작고 사소하지만 편안한 욕망의 불꽃을 껴안습니다. 봄의 제피로스를 두 팔로 껴안습니다. 생텍쥐페리가 쓴 『어린 왕자』에 나오듯 나는 다시 길들임에 적응해야 합니다. 길들여진다는 것은 눈물을 흘릴 일이 많이 생길지도 모르지만 정성을 다하려 합니다. 왕자와 장미꽃이 서로를 위해 소중한 시간을 투자하듯 마음으로 정성을 다해 길들일 겁니다. "네가 오후 4시에 온다면 나는 3시부터 행복해지기 시작할 거야"라는 말이 충분히 실감 나도록 행복할 겁니다. 하나에서 둘이 되는 것, 또 둘에서 하나가 되어 처음으로 돌아가는 것에 익숙해지면서. 반드시 나다운 행복을 향해 갈 겁니다.

이제는 나보다 더 나를 믿어준 또 다른 내 안의 나와 나를 응원하는 세상의 모든 것들을 위해 감사하며 살 겁니다. 결핍투성이의

나를 환하게 웃으며 응원해주는 든든한 딸, 세상이 두려운 나에게 억지로 불러내 더운밥을 먹이던 친구, 불쑥 찾아와 함께 힘내자며 다독이던 오빠, 새 길 떠날 때 쓰라며 두툼한 봉투를 찔러주던 사랑하는 사람, '글이 곱다, 위로된다'며 감사의 메시지를 주는 오래된 독자, 한 마리의 새가 되기 위해 찾아간 낯선 여행지에서의 눈물 섞인 콩나물 국밥, 고단할 때마다 울 곳을 찾아다니다가 발견한 울진 어느 바닷가의 붉은 소나무 숲, 모두가 쓰러져가는 나를 일으켜 세워 악착같이 살게 했던 고마운 그들에게 보답할 겁니다. 든든한 배후가 되도록. 오래전 결핍투성이었던 내게 힘을 주었던 것처럼 이제는 내가 그들을 위해 힘이 나도록 버팀목이 될 겁니다.

앞으로의 봄은 찬란燦爛할 겁니다. 씨앗은 푸릇한 희망이 가득할 겁니다. 그동안 견디느라 고생했기에 아주 많이 씩씩하게 당당히 갈 겁니다. 희망의 곳으로. 그 길 위에서 보고 듣고 사유思惟하고 유목하며 갈 겁니다. 나를 위해 온유한 햇살이 나무 사이로 퍼질 것이고 까치가 기쁘게 과자 부스러기를 쫓을 겁니다. 여백을 즐기며 갈 겁니다. 정직한 풍경과 아름다운 세상을 노래하며 갈 겁니다. 풍요와 만족을 즐기면서 느리더라도 내 속도로 갈 겁니다. 파릇이 솟아오르는 희망이 머무는 곳으로, 나를 응원하는 모두와 함께 손잡고 갈 겁니다. 맨몸으로 견뎌내기 너무 버거워 화려했던 욕망의 색들을 다 지웠습니다. 그냥 무채색을 선택했습니다. 가질 수 없는 것과 가져선 안 되는 것을 다 내려놓고 보니 홀가분합니다. 슬픔의 덩어리도 시나브로 풀어집니다. 밑천이라고는 천 개가 넘는 마음의 눈뿐이지만 긴 유배를 마치고 생의 마지막 안식처를 향해 뚜벅뚜벅 걸어갑니다. 느릿하게 강물 흐르듯 자유롭게 흘러갑니다.

꽃 같은 그대,
나무 같은 나를 믿고

행복한 결혼을 떠올릴 때마다 생각나는 글이 이수동 화가가 쓴 '동행'에 나오는 문구인데요.

'꽃 같은 그대, 나무 같은 나를 믿고 길을 나서자.'

참 포근포근한 말이죠. 그래요, 생애 최고의 선택은 사랑이고 결혼이에요. 그러나 결혼도 예의를 지킬 때 행복을 안겨주죠. 보통 20대에는 사랑만으로도 얼마든지 살 수 있다며 동화 속의 주인공을 로망의 대상으로 생각하죠. 서른이 훌쩍 넘어가면 현실적인 것에 민감해져 결혼을 의지하면서 쉬고 싶은 '안식처'로 생각하게 되죠. 그러니까 대단하지 않더라도 나와 잘 맞으면서도 가족과도 잘 어울릴 수 있는 사람을 선택하게 되죠. 어쨌든 결혼은 외롭게 혼자 가다가 동반자와 함께 새로운 세상을 여는 거예요. 꽃길도 걷고 가시밭길도 걷기에 천국과 지옥을 함께 가겠다는 서약

을 하는 거예요. 서로에게 보호자가 되는 거예요. 그 모든 서약에 사인함으로써 책임과 의무가 주어지는 거예요. 누구의 딸, 누구의 아들에서 누구의 아내, 누구의 남편으로 살아가야 해요.

살갑게 사랑하려면 결혼과 동시에 배우자를 나만큼 아끼고 존중해야 해요. 그렇지 못하면 서로에 대한 확신이 흔들려 희생과 배려는 밀려나고 미움이 안으로 채워지는 거죠. 믿음이 멀어지고 미움이 가득 채워지는 순간 주변인들과 비교하게 되는 거예요. 비교를 하게 되니까 장점보다 단점이 눈에 들어와 못마땅해지는 거죠. 결혼생활에 있어 가장 중요한 것은 서로에 대한 믿음이에요. 믿음이 흔들리면 미움이나 원망이 가득 차게 되어 삶을 송두리째 흔들어 버리죠. 흔들리는 가정엔 마찰과 침묵만이 흐르잖아요.

그러니까 결혼에도 자격이 필요한 것 같아요. 남편으로서의 자격, 아내로서의 자격, 부모로서의 자격이 안 되면 그 자격이 갖추어질 때까지 미루어야 해요. 결혼 역시 남이 다 하니까 하는 것이 아니라 내가 좀 더 가치 있게 살고 또 행복해지기 위해서 하는 거잖아요. 자격이 안 되는데도 억지로 결혼을 하면 결혼과 동시에 누구 말대로 행복 끝 불행 시작이에요. 사랑은 게임일 수도 있지만 결혼은 둘이 법칙을 정해 하나둘씩 이루어가는 거예요. 서로 믿고 잘살겠다는 결혼 서약을 수행하는 거예요. 비가 오나 눈이 오나 기쁠 때나 슬플 때나 함께 노력하며 잘살겠다는 약속은 지켜야 하거든요. 그 약속이 지켜지지 않는다면 분명 두 사람에게 책임이 있어요. 그러나 아무리 노력해도 좋아지지 않으면 처음의 약속을 파기해야죠. 어떤 이유에서건 대화가 되지도 않고 말을 섞기도 싫고 거의 매일 싸우다시피 하고 얼굴을 보는 것조차 괴롭다면 그렇게 해야죠.

조금의 미련이 사무친다면 떨어져서 생각할 시간을 가지면 돼요. 한 달이건 1년이건 생각하면서 노력해도 안 된다면 체면 따지지 말고 서로를 위해 인연의 끈을 놓아야죠. 물론 한 번쯤은 죽을 만큼 노력을 해봐야죠. 상대방 입장이 되어 참아도 보고 희생도

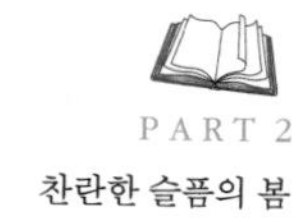

해보고 죽을 만큼 배려도 해봐야죠. 친구나 인생 선배의 조언을 들으면서 스스로 고민의 시간을 가져봐야죠. 교회, 성당, 깊은 산사를 찾아가 정리하는 시간을 가져봐야죠. 물론 그러는 동안에 모든 걸 내려놓고 다시 한 번 기회를 갖는 경우도 있어요.

어쨌든 최선을 다해보고 나서도 힘들면 그때 선명하게 결정하면 되는 거예요. 홀로 반성과 성찰의 시간을 가지면 나름대로 최선의 선택을 하게 되니까요. 결혼도 사람이 하는 일이라 잘못된 선택을 하는 건 당연하니까요. 길고 긴 어둠의 터널에서 빠져나올 기회도 내가 선택하는 거예요. 이별 후에 타인의 시선이 두려워, 앞으로 전개될 막막한 생이 두려워 인연의 끈을 놓지 못한다면 평생 어둠의 공간에서 헤맬 수밖에 없어요. 서로를 위해 불행한 일이죠. 옷도 오래 입으면 싫증이 나고 입지 못할 만큼 낡게 되죠. 결혼은 배우자와 50년 이상을 함께 한곳에서 한 방향을 바라보며 살아야 하는데요. 전혀 다른 환경에서 자란 두 사람이 한 울타리에서 하나의 성을 쌓아가야 하는데 그것이 아름다운 마법의 성을 쌓는 것일지, 모래성을 쌓는 것일지는 아무도 모르거든요. 그러니까 서로 다른 환경을 조금씩 하나의 방식으로 접근해 나가야 해요. 둘의 관계가 시간이 흐를수록 자석과 쇠의 관계가 되어야 하는데 물과 기름의 관계가 된다면 문제가 생기는 거죠. 물론 책임은 서로에게 있어요.

사랑이란 감정도 영원한 게 아니잖아요. 연애는 사랑만으로 가능하지만 결혼은 사랑 위에 존재하는 것이 있어요. 그게 믿음이에요. 그것도 확실한 믿음이에요. 결혼에 있어 서로에 대한 믿음이 깨지는 순간 모든 것은 산산조각이 나는 거예요. 사랑의 감정은 어느 날 갑자기 태풍처럼 강렬하게 휘몰아치다가도 일정한 시간이 지나면 연기가 되어 스르르 소멸되거든요. 사랑은 진행형일 때 세상에서 가장 아름답지만 막상 정점을 찍고 나면 무덤덤해지거든요. 다시 말해 '그치지 않는 비'의 세계에서 빠져나와 일상을 다시 '맑음'으로 바꿔 놓죠. 맑은 날씨로 변한다는 것은 오로지 한 사람에게 기울어지고 몰입되던 판단능력이 다시 균형감각을 찾게

된다는 거예요. 조금의 흔들림에도 새로운 사랑이 눈에 들어온다는 거예요. 그러니 사랑이 진행형일 때는 신비의 묘약이지만 떠나는 순간 가장 잔혹한 독약이 되는 거예요.

반듯한 결혼생활은 각자의 위치에 맞는 책임과 의무를 다하면 돼요. 다시 말해 성실함과 충실함으로 확고한 믿음의 성을 쌓으면 되죠. 인간이 태어나 가장 멋지고 아름다운 풍경은 좋은 짝을 만나 결혼해서 행복하게 사는 거잖아요. 남편은 아내에게 아내는 남편에게 든든한 배후가 되어주면서요. 또 자식을 낳으면 자식에게 든든한 배경이 되어 주면서요. 세상에서 가장 아름다운 풍경은 한 가족이 웃으며 손잡고 걸어가는 풍경이죠. 그것이 결혼에 대한 최고의 예의이고 생의 가장 아름다운 풍경이잖아요.

결혼은 분명 경배와 같은 책임과 의무가 따르지만 정성을 기울인 만큼 만족을 안게 되죠. 행복한 결혼생활은 최고의 배후니까요. 누구의 결혼이든 아름다워야 할 권리가 있어요. 그 아름다운 가치를 만드는 것도 내 몫이에요. 결혼의 주인공은 나 자신이고 결혼의 최고 가치는 행복한 가족을 만드는 거예요. 부부가 공동의 목표를 향해 쉬지 않고 노력할 때 행복한 가정이 되는 거예요. 두 성격이 하나로 조화를 이룰 때 서로에게 만족을 주는 거예요. 나의 주장, 나의 고집만으로 결혼생활을 한다면 그건 독선이고 파국을 맞게 되죠.

결혼은 성숙으로 가는 과정이에요. 성숙이란 세월이 지남에 따라 경험을 통해 몸과 마음이 골고루 자라나는 과정이잖아요. 결혼이 분명 인생에 있어 유익하고 의미 있는 일이지만 환상적인 기대는 하지 말아요. 충동적 사랑과 몽환적 기대를 안고 하는 결혼은 실망이 클 수밖에 없어요. 미국의 정신과 의사인 스캇 펙 박사

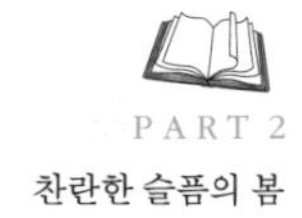

는 그의 저서 『아직도 가야 할 길』에서 '사랑에 빠진다는 것은 진정한 의미에서 사랑이 아니다. 한 쌍의 연인이 사랑에서 빠져나올 때 그들은 그때서야 비로소 참사랑을 하기 시작한다'고 했어요. 이 세상에 처음부터 '백마 탄 왕자, 황금마차를 탄 공주'는 없어요. 노력해서 서로가 그런 왕자와 공주가 되도록 노력해야죠. '백마 탄 왕자'를 만나려면 나도 '황금마차를 탄 공주'가 돼야 공평하잖아요. 나는 보잘것없는데 백마 탄 왕자만을 고집한다면 허영이고 사치일 뿐이에요. 결혼을 하더라도 평탄하지가 않아요. 바람직한 결혼은 비슷한 두 사람이 결혼을 통해 자신의 부족한 부분을 채워가며 함께 노력해서 원하는 것들을 만들어 가야죠. 결혼생활이 불행하다면 남 탓으로 돌리지 말고 불행한 이유를 찾아 노력해야죠.

그러니까 배려하고 희생하고 함께 나눌 자신이 없으면 반드시 결혼해야 한다는 강박증에서 벗어나야 해요. 이제 연애는 필수, 결혼은 선택이란 말을 하잖아요. 만약 결혼을 하게 되면 배우자의 욕망과 필요를 충족시켜야 하는 책임이 있어요. 그러니까 결혼을

급하게 서두르지 말고 천천히 나에게 맞는 짝을 찾아야죠. 이제는 결혼이라는 것도 '반드시'라는 규정은 없어요. 결혼도 필수가 아닌 선택이 되었어요. '친구 따라 강남 간다'는 말이 있지만 강남을 간다고 해서 모두가 '강남족'으로 살지는 않잖아요. 충분한 자격을 갖추고 나서 고민해봐야 해요. 서로에게 나무이고 꽃이 된다는 확신이 생길 때 멘델스존의 결혼행진곡을 울려야 해요.

잠시, 기대며 살자

죽고 못살던 사랑도 한 번은 이별한다.
못 견디는 그리움도 시간이 흐르면 덤덤해진다.
살을 베던 상처도 시간이 지나니 딱지가 떨어지고 새살이 난다.
죽여버리고 싶던 증오도 시간이 지나니 참을 수 있게 된다.

그러니, 모든 것에 연연하지 말자.
욕심내지 말자. 집착하지 말자.
지금 내 곁에 있는 것에 충실하자.
10평에 살든, 100평에 살든,
마지막에는 한 평도 안 되는 곳으로 들어간다.
다 그렇게 산다.

그러니 복잡하게 생각하지 말자.
아프면 덜 아픈 사람을 찾아,
그리우면 덜 그리운 사람을 찾아,
힘들면 덜 힘든 사람을 찾아,
마음을 내려놓자.

덜 힘들어질 때까지.
잠시, 기대며 살자.

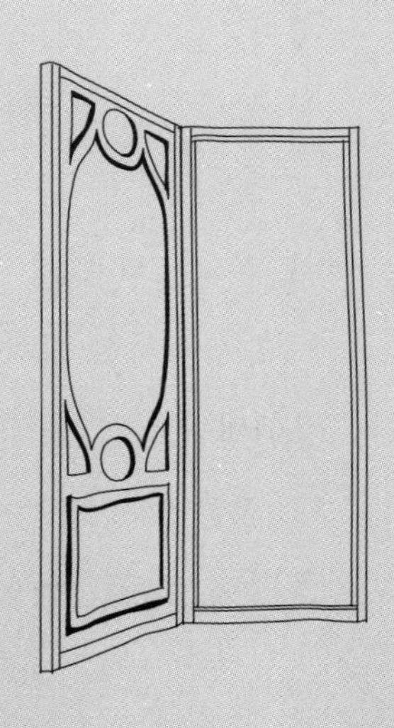

초연히 살아내야 할 시간만 남았습니다

첫눈이 내렸다고 해요. 나는 보지 못했는데 첫눈이 내렸다고 하네요. 마음의 준비도 하기 전에 느닷없이 찾아온 겨울 손님, 첫눈은 그렇게 겨울을 물어다 놓고 사라졌습니다. 발갛게 물든 붉은 단풍이 떨어지기 전에 가을이 떠날 준비도 하기 전에 예고 없이 날아든 낯선 고지서처럼 겨울은 또 이렇게 배달되었고, 이별을 미루던 가을은 야금야금 서슬 퍼런 발걸음으로 점령하는 겨울에게 자리를 내어 주네요. 화려했던 만추, 11월도 이렇게 떠나가요. 흔들리는 동공에 잡힌 세상은 온통 무채색의 옷으로 갈아입네요. 화려하고 탱글탱글 열매로 가득한 수채화의 세상이 묵직한 한 편의 수묵화의 세계로 들어가고요. 꺼지기 전의 마지막 불꽃처럼 화려하게 불타오르다가 형형색색의 사연들을 다 토해내지 못한 채 막 이별을 고하는 가을은 헛헛함으로 가득합니다. 가지에 채 떨어지지 못한 붉은 잎이 무엇이 아쉬운지 애잔하게 붙어 있네요. 이렇게 또 한 번의 겨울이 찾아왔어요. 세상은 동

토의 빙하 같은 색을 머금은 채 푸른 안개로 뒤덮일 거예요. 겨울이 깊숙이 파고들어 존재감을 드러내며 세상을 뒤흔들 거예요. 누군가에게는 결실로, 누군가는 상실로 각자의 기억 속에 머물겠죠. 머지않아 가슴을 후려치는 삭풍과 눈보라가 몰아칠 거고요. 누군가 손 내밀어주는 따뜻함과 온전한 사랑이 있다면 두렵지도 외롭지도 않겠죠.

청춘 시절, 나는 나무처럼 살고 싶었어요. 무성한 열매를 주렁주렁 단 사과나무를 볼 때마다 그런 생각을 했죠. 스스로 햇빛을 받으며, 바람에 흔들리며 또 수분을 빨아들여 가지 곳곳에 영양분을 골고루 나눠주며 싹을 틔우고 잎을 키우며 열매를 주렁주렁 달고 싶었어요. 땅속 깊이 뿌리를 내려 정직하게 성실하게 그 자리를 오래도록 지키고 싶었죠. 어릴 적 기억이지만 시골집 앞에 주목나무가 있었죠. 친구들보다 키가 작았던 나는 8살 즈음 목이 꺾어지도록 나무를 올려다보며 나무에게 작은 소망을 말한 적이 있었죠. '나무처럼 키가 크고 싶다'고 나무에게 기대어 속삭이던 적이 있었죠. 그렇게 몇 년 동안 나무에게 소망을 얘기한 덕분인지 초등학교 5학년 즈음에 놀랄 만큼 키가 커져 아주 많이 기뻐했죠. 그때부터 나무를 무척 좋아하게 되었고 나무처럼 살 거라고 다짐한 거죠. 그 후 나무처럼 살기 위해 애를 썼죠.

햇볕이 들면 놓치지 않고 가지를 뻗었고, 물이 스며들면 주저않고 뿌리를 깊숙이 뻗었어요. 그렇게 이십 대 중반에서 서른 중반까지 일이 삶이라며 승부를 걸었고 정직하게 일한 결과로 평가를 받고 싶었죠. 그러나 앞으로만 가다 보니 경쟁자가 생기고 장애물도 만났죠. 나만의 핸디캡을 극복하지 못하고 쓰러졌죠. 지금 생각해보면 대단한 것도 아닌데 융통성이 부족한 내가 그 벽을 넘어서지 못했어요. 물론 가끔은 실력보다 인간관계가 실력을 넘어서는 능력이 될 때도 있죠. 그것에 잘 적응했더라면 아마도 처음의 그 길로 쭉 갔을지도 모르고요. 인간관계에 유독 서툰 나는 튼튼한 가지가 꺾이는 사고를 자주 만났어요. 열심히만 하면 내 뜻대로 될 것 같았는데 세상은 극복하기 힘든 것을 내게 주문했죠. 중요한 것을 잃고 나니까 심하게 좌절하게 되었고 아주 많이 방황을 했어요. 어느 날부터 비뚤어진 세상의 단면을 보게 되었고 그러다 보니 융통성이 없는 나로서는 세상과 조금씩 멀어지는 삶을 선택하게 되었죠. 처음에는 분노를 품은 채 마음을 닫았지만 결국에는 상처 입은 새가 되어 세상을 피해 나만의 동굴을 만들었죠. 물론 그것이 또 하나의 길을 열게 해 주었지만요.

노력하기에 따라 하나의 문이 닫히면 또 하나의 문을 열 기회는 있어요. 내 나무에 주렁주렁 열매를 달고서도 내가 수확을 할 수가 없는 날도 있어요. 생의 모든 것이 내 맘대로, 내 뜻대로 되지 않는다는 것을 깨닫고 나서야 생을 대하는 태도가 바뀌었으니까요. 이제는 빠름에서 느림으로, 속도가 아닌 방향을 생각하며 가죠. 이렇게 삶의 중턱을 넘고서야 깨달았어요. 그 잘난 능력과 실력도 행복의 필요충분조건은 아니라는 것, 평범하고 건강한 행복을 위해서는 큰 도움이 되지도 않는다는 것을 깨닫게 되었죠. 교만함도 지나친 욕망도 행복한 생을 살아가는 데 독일 수도 있다는 거예요. 차라리 넘치는 풍요보다는 조금 부족해야 순간순간 몰입하며 건강하게 산다는 거죠. 천천히 가야 눈앞에 보이는 아름다운 풍경을 즐기게 된다는 것이에요.

느리게 가다 보니 가진 것이 별로 없고 버릴 것도 많지 않아요. 모든 게 가벼워요. 걷는 것도 느리지만 걸어가는 길이 호젓해서 좋아요. 이제 나는 서두르지 않아요. 힘에 부치면서까지 급히 뛰어오르며 정상까지 올라갈 생각은 없으니까요. 내가 가는 이 숲길을 꾸준히 걸으며 보이는 것들, 코끝에 스미는 향기를 맡으며 가는 것도 좋으니까요. 목표를 수정하니까 그제야 겨울 숲도 푸르게 보이고 박하 향기가 느껴지죠. 욕심을 내려놓으니 스쳐가는 모든 것들이 나에게 말을 걸며 친구가 되어 주니까요. 지나가는 이름 모를 겨울새가, 지나가는 청아한 바람이 욕심을 내려놓은 것에 대해 칭찬을 해주듯 새는 노래하고 겨울바람은 청아하게 뺨을 스치며 지나가요. 이렇게 편안하게 숲길을 거닐며 젊은 날의 안부도 묻죠. "왜 그렇게 무모한 모험을 했나. 자꾸 위로만 오르려 했던 것, 무모했던 춤사위가 두렵지 않았냐"고 살짝 꼬집어보며 지난날의 슬픔을 삼키죠.

실패했던 그때를 돌아보면 조연의 능력임에도 주연을 탐냈던 것 같아요. 내면에 있는 욕망의 크기를 정확히 가늠하지를 못했던 것 같아요. 패배에 대해 진솔하고도 선명한 인정이 필요했는데 감추려 하고 그렇게 뒤틀린 자아를 또 다른 교만으로 위로받은 것 같아요. 그 때문에 내가 만든 동굴에 갇혀 결핍을 부둥켜안고 누구를 원망하며 오래도록 울었던 것 같아요. 이제야 세상의 모든 것들이 따뜻하고 다양하게 느껴져요. 누군가는 장미꽃을 바라보며 웃고 있고 누군가는 그 향기를 맡으며 울고 있는 것이 보이니까요. 또 누군가는 장미를 꺾길 좋아하지만 누군가는 있는 그대로 두고 가끔 와서 보길 좋아하니까요. 그것을 인정하는 데 너무 오랜 시간이 걸렸어요. 이제는 무엇이든 내가 좋아하는 특별한 것을 찾아 노력하려고요. 욕심내지 않고 소소하게 기쁨을 주는 것만 바라보려고요. 삶의 중턱에 이르고 보니 부지런히 달려온 이 길도

한나절 햇살보다 짧았어요. 내 앞에 남아있는 시간이 얼마인지 모르지만 욕심이 없어요. 다만 글을 쓰며 살아가는 시간이 조금이라도 길게 허락되길 바랄 뿐이에요.

아름다운 추억, 슬픈 기억, 아쉬움, 새로운 희망을 뿌려놓고 서서히 한 해가 저물고 있어요. 그럴듯한 계획을 세워놓고도 실제로 하고자 했던 것들이 정녕 무엇이었나를 고민해볼 때죠. 대단한 사명을 안고 세상에 온 건 아니지만 올바르게 이루고자 했던 것들을 점검해 볼 때죠. 자신과의 약속을 얼마나 정직하게 지켜왔는지도 따져볼 때죠. '봄바람처럼 부드럽게 살랑이던 설렘의 날은 얼마였던가를, 여름 소낙비처럼 고통을 온몸으로 맞아야 했던 날은 얼마였던가를, 가을 하늘처럼 맑디맑은 기쁜 날은 얼마였던가를, 짙은 회색빛 겨울 하늘 같은 고독한 날은 얼마였던가'를 곰곰이 따져보며 반성하고 칭찬하고 응원할 때입니다. 충실하게 지혜를 모아 사유할 때입니다.

나무는 봄날에 품었던 소망들을 다 이루어내고 처음으로 돌아갔습니다. 그들이 온 곳, 흙으로 돌아갔습니다. 그 많던 잎들이 인연을 다하고 떠났습니다. 다시 불덩이를 삼킨 듯 뜨겁게 부활하기 위해 깊디깊은 휴식에 들어갔습니다. 추위와 어둠 앞에 납작 엎드려 있어야 다시 찬연한 봄과 마주할 테니까요. 침묵과 성찰, 시련의 시간이기는 하지만 또 희망을 잉태합니다. 겸허히 순환하는 자연이고 싶습니다. 곱디고운 한 잎의 단풍마저 다 털어내는 나무이고 싶습니다. 움켜쥔 풍요로는 결코 혹독한 겨울을 건널 수 없기에 다 털어내고 비우는 나무이고 싶습니다. 몸이 아니라 마음으로 혹독한 겨울을 견디는 나무이고 싶습니다. 끊어질 듯 말듯 한줄기 가녀린 선으로 이어진 내 삶의 궤적, 이제는 탐욕 가득한 밭에 호미질 하던 부질없는 짓들 다 내려놓고 초연히 살아내야 할 시간만 남았습니다.

슬픈 눈물이 내 살 속에 박힌 쓸쓸한 여진

여름비 치곤 사납습니다. 하늘에 구멍이 뚫린 듯 물통으로 들이붓는 것처럼 매섭게 쏟아집니다. 두려움이 느껴질 만큼 새벽에 느끼는 자연의 공포감은 상상을 초월합니다. 기다림이 길어서인가 문득문득 다가서는 헛헛함이 두렵습니다. 얼마를 더 견뎌야 할까요? 무언가를 기다리는 동안 오래전에 본 영화 '이터널 선샤인'의 대사가 생각납니다.

"당신이 누군가를 당신의 마음으로부터 지울 순 있지만 사랑은 지워지지 않아요."

얼마나 더 울어야 할까요? 눈이 늘 젖어 있어 울지 않는 낙타, 일생에 단 한 번 울다 죽는 가시나무 새, 하루를 살기 위해 물속에서 천 일을 견디다 삼천 송이 꽃을 피우고 하루 만에 죽는 호텔펠리니아 꽃, 백 년에 단 한 번 꽃을 피우는 용설란, 그게 그들의 운명이라면, 나의 운명은 또 무엇일까요? 늘 눈이 젖어있는 낙타일까요, 일생에 단 한 번 울다 죽는 가시나무 새일까요? 하루를 살기

위해 물속에서 천 일을 견디다 꽃을 피우고 하루 만에 죽는 호텔펠리니아 꽃일까요, 백 년을 기다려 단 한 번 꽃으로 피어나는 용설란일까요?

애정이 아니라 믿었던 것들이 샘물처럼 솟아나 생채기를 냅니다. 뇌는 이러면 안 되는데 하면서도 몸은 그쪽으로 기울어집니다. 심장까지 비틀거리네요. 어느 날 저녁은 당신을 데리고 갔습니다. 그 후 당신의 슬픈 눈물이 내 살 속에 박힙니다. 이제는 내가 먼저 당신을 찾고 있습니다. 이 쓸쓸한 여진이 언제까지 계속될까요. 당신 때문에 울고 나니 한 계절만 있네요. 당신 때문에 울고 나니 한밤만 있네요. 그리고 그 안에는 덩그렇게 울고 있는 내가 있네요. 영혼과 육신을 번갈아가며 거센 바람이 몰아칩니다. 나도 휘청거리고 세상도 흔들립니다. 놀랍게도 곧 별빛이 내렸고 난 습관처럼 연어샐러드를 만들고 있습니다. 내 곁에는 한 계절만 있고 기나긴 밤만 있네요. 내 그리움은 한 걸음 두 걸음 걷다가 산을 넘었습니다. 내 기다림은 한 걸음 두 걸음 걷다가 강을 건넜습니다.

그리움과 기다림이 한 걸음 두 걸음 걷다가 그 집 앞에 도착했습니다. 그리고 돌아갈 곳을 잃어버렸습니다.

얼마의 시간이 흘러야 그리움이 줄어들까요? 얼마의 시간이 흘러야 외로움이 줄어들까요? 얼마의 시간이 흘러야 모든 것에 담담해질까요? 글썽이는 눈동자, 침묵에도 저 혼자 흔들립니다. 시인 프레벨은 사랑을 이렇게 노래했죠.

세 개의 성냥 하나씩 긋는다, 어둠 속에서
처음 것은 네 얼굴을 빠짐없이 보기 위해
다음은 네 눈을 보기 위해
마지막 것은 너의 입술을 보기 위해, 남은 어둠은
지금의 모든 것을 추억하기 위해서
너를 꼭 안으면서

그래요. 사랑은 거룩한 축원이에요. 아침에 눈을 뜨면 가장 먼저 떠오르는 선명한 이름 하나, 잠들기 직전 마지막으로 떠오르는

선명한 이름 하나, 그 사람이 존재하는 이유만으로 살아가는 이유가 됩니다. 또 하나가 되고 싶은 간절한 마음이 최고의 행동을 이끌어냅니다. 한 남자와 한 여자가 순수한 천사가 되죠. 서로의 날개 반쪽으로 온 힘을 다해 날 수 있는 것, 그것은 서로에게 몰입하며 미쳐야 가능하니까요.

과연 모든 걸 걸만큼 사랑에 미칠 수 있는 사람이 얼마나 될까요? 나는 또 어디에 속할까요? 하늘에도 지상에도 꽃이 만발하네요. 정작 나는 몇 번의 꽃을 피웠고 앞으로 얼마를 더 피울까요?

노란 꽃일까요, 빨간 꽃일까요, 아니면 검은 꽃일까요? 가장 아름다운 꽃을 피우는 그때는 언제일까요? 그 비밀의 문을 여는 마스터 키는 누가 쥐고 있을까요? 애정 문제에 주절대다가 또 이렇게 하루를 일기장에 올려놓습니다. 세상을 배회하다 돌아온 먼지 가득한 영혼을 깨끗이 털고 햇볕에 말립니다. 묵은 것들, 억지로 들러붙은 것들을 끄집어내어도 끝이 없네요. 까맣게 얼룩진 것들, 찌그러진 것들, 깨져버린 것들을 다 불러 모으니 반듯한 것 하나 없어 마음이 아릿하네요. 메타세콰이어 숲길을 혼자 걷던 날을 생각하니 물안개로 젖듯 눈가에 이슬이 맺힙니다. 숲이 뿜어대는 들숨 날숨을 있는 그대로 빨아들이는 내 몸이 날아갈 듯 가볍습니다. 나이 탓인지 집착도 떨어지고 모든 것에 너그러워집니다. 이제는 사랑하는 것도 순례 같아 죄짓지 말아야겠다는 생각을 많이 합니다. 숲속의 나무처럼 몸도 마음도 편안히 늙어갔으면 좋겠습니다. 버거울 만큼 사무치도록 붉게 물들지 않았으면 좋겠습니다. 시도 때도 없이 나부끼는 그리움도 적당한 곳에서 멈추었으면 좋겠습니다. 추상의 외로움도 이제는 멈추었으면 좋겠습니다. 내가

갈망하는 그곳에 닿지 않는다면, 당신이 갈망하는 이곳에도 닿지 않을 테니까요. 욕망에 눈멀지 않으면서도 소중한 것을 지키며 살아가는 윤리적인 순례자가 되고 싶습니다.

씽씽 달리는 연료가 있나요

연어는 깨끗한 강에서 알을 낳고, 알에서 깨어난 새끼는 바다로 나가 길고 긴 여행을 합니다. 연어는 드넓은 바다를 돌아다니다가 어미가 되어 자기가 태어난 강으로 돌아와 알을 낳고 죽어요. 이렇게 동물이 자신이 태어난 곳으로 돌아가는 것을 '회귀 본능'이라고 하는데 사람도 마찬가지예요. 한 번 왔다가 처음으로 돌아가기에 간절하게 원하는 것을 이루고 싶어 하죠. 이룰 수 있는 꿈은 시작도 달콤하고 세상에서 가장 가벼운 깃털처럼 날아다니죠. 하지만 이룰 수 없는 꿈은 향기는 강하지만 감당하기 무거워 잡기도 힘들어요. 살다 보면 무언가를 성취하는 과정에서 내려놓을까 붙잡을까 수많은 갈등을 하게 되죠. 그 시기가 벼랑 끝이라 생각될 정도로 위협적이면 최고의 위기가 되죠. 보통 말하는 삶의 전환점이라 할 수 있어요. 그때가 위기이기도 하지만 또 다른 기회가 됩니다.

나에게도 전환점이 서른 초반에 찾아왔어요. 몇 년을 흔들리며 방황하다가 벼랑 끝에 가서야 모든 것을 내려놓았죠. 모든 것을 내려놓으니 거추장스러웠던 욕망도 떠나가더라고요. 삶의 전환점을 맞이하고 나면 '내가 누구이며 무엇을 해서 어떻게 살아야 행복한지'를 깨닫게 되는 것 같아요. 추억의 필름을 돌려보면 아침 7시에 출근해서 밤 10시에 퇴근했던 교사생활, 15년 머무는 동안 정말로 치열하게 최선을 다했죠. 지금은 한 번쯤 돌아가고 싶은 아름다운 추억이 되었어요. 다시 그때로 돌아간다면 그 순수, 그 열정, 그 희생을 감당할 수 없을 것 같아요. 지금 생각하면 머리가 아팠던 것도, 아이들이 두려웠던 것도, 동료가 불편했던 것도 모두 나의 지나친 걱정 때문이라는 것을 깨닫고 나니까 고단했던 그때 그 순간도 소중해지더라고요. 그러나 무슨 일이든 권태기는 찾아오고 또 하나의 동기가 삶의 전부를 바꾸게 하죠.

이렇게 간절히 원하던 전업 시인의 길로 발을 들여놓았지만 삶이 더 팍팍해졌죠. 3첩 반상으로 밥을 먹을 때가 많아지고 카드를 긁을 때마다 한도 초과를 두려워하게 되죠. 그럼에도 '운명이다' 생각하고 긍정적으로 받아들이며 사니까 마음이 편해지더라고요. 내 것에 맞는 욕망은 꿈으로 실현되지만 내 것이 아닌 욕망은 실현되는 것 같으면서도 완전한 내 것이 아니면 저절로 떠나게 되죠. 신발이 아무리 예뻐도 내 발에 맞지 않으면 내 것이 될 수 없잖아요. 또 맞지 않는 신발을 오래 끌고 다니면 발이 아파 언젠가는 버리게 되잖아요. 나에게 교사생활은 어쩌면 나를 찾아가는 간이역이었어요. 시인이 되기 위한 간이역이었다고나 할까요. 작가의 생이 운명이라는 것을 처음부터 알았더라면 그렇게 많이 방황하지도 않았을 거예요. 이렇게 항상 후회와 깨달음은 늦게 찾아오는 것 같아요.

나이가 들고 보니 경험했던 것들이 깨달음으로, 지혜로 단단해지더군요. 그래서 나는 늘 얘기하죠. 이 세상에 나쁜 경험은 없다고요. 모든 경험은 결국 단단하게 살아가는 기둥이 된다는 거예요. 그러니까 앞으로 10년 후의 나의 모습을 상상하며 반듯이 살

아야 해요. 지금 하고 있는 일이 마음에 들지 않더라도 최선을 다해야 해요. 열심히 하다 보면 새로운 길도 열리게 되는 거예요. 지금 행복하다고 말하는 사람도 분명 과거 어느 때 너무 많이 힘들었지만 위기를 극복하고 최선을 다해 살아온 결과라는 거죠. 이루고 싶은 꿈과 상관없이 지금 하고 있는 일을 좋아하고 지금 곁에 있는 사람을 사랑하고 어제도, 내일도 아닌 오늘에 최선을 다하면 미래는 밝아요. 그런 사람에게는 반드시 꿈이 손을 잡아주게 되어 있어요. 현실에 만족하지 못하고 최선을 다하지 않고 방황을 한다면 꿈은 다른 곳으로 날아가 버리죠. 꿈은 정직하고 성실하고 긍정적인 사람을 좋아하니까요. 무엇을 하든 하는 일에 지독한 사람, 치열한 사람, 최선을 다하는 사람이라는 말을 들어야 해요. 그렇게 살다 보면 어느 순간 여백이 생기죠. "빨리빨리"를 입에 달고 살았던 과거와는 달리 자연스럽게 즐기게 되죠. 산으로, 강으로 쉼을 찾아 떠날 수가 있어요. "열심히 일한 당신, 떠나라"는 말도 있잖아요.

내 인생의 주인이자 보호자는 나죠. 아무리 부모가 능력이 많아도 내 인생을 대신 살 수는 없어요. 실패도 하고 넘어지기도 하고 병원에 입원도 하고 사람에 속아 돈도 빼앗기고 친구도 잃어보아야 깨닫게 되는 거예요. 누구나 마음의 상처를 받았을 때는 삶을 포기하고 싶을 만큼 좌절감에 빠지죠. 그럼에도 꿋꿋이 일어나 스스로 어둠의 터널을 빠져나와야죠. 나를 쓰러뜨리는 것도 나 자신이고 나를 일으켜 세우는 것도 나 자신이에요. 운명을 바꾸는 힘은 내 안에 있어요. 나를 믿고 사랑하고 나에게 확신을 가지고 살아야 삶의 위기도 오래가지 않아요. 성경 구절에 보면 '이 또한 지나가리라'라는 말이 있잖아요. 벼랑 끝이라 여겨질 때 빠져나가려고 몸부림치며 정성을 다하면 머지않아 멋진 곳에 당당히 서게 되죠. 그러나 스스로 노력하지 않고 남 탓만 하고 신세타령만 하면 죽을 때까지 어둠의 터널에 머물게 되죠. 그러니까 성경 말씀인 '이 또한 지나가리라'는 최선을 다하는 사람에게 용기를 주는 말이에요.

모든 것을 다 잃고 몸이 쓰러져도 영혼만큼은 단단하다면 다시 일어설 수 있어요. 태풍이 지나고 난 자리에 세차게 내리는 쓰나미 같은 폭우처럼 스스로 위기를 이겨내야 살아 움직이는 모든 것이 아름답게 보이고 감사하는 마음도 생기죠. 위기를 기회로 바꾼 사람이라면 그 어떤 쓰나미에도 흔들리지 않고 방황하지 않는 단단한 영혼을 가지게 되죠. 그러니까 불평만 하지 말고 주어진 일에 감사하며 치열하게 일하면 됩니다. 또 그런 나를 사랑하고 위로하며 응원하면 됩니다. 다시 또 말하지만 내 인생의 주인공, 보호자는 부모도 형제도 자식도 대신할 수 없어요. 내가 살고 죽고는 하늘의 뜻이지만 내가 잘살고 못살고는 나의 의지와 노력이니까요.

고등학교를 졸업해도 성공하는 사람이 있고 유학을 갔다 와도 여전히 부모에게 의존하며 사는 사람도 있잖아요. 꿈을 이루는 것, 나 자신의 몫이에요. 꿈을 이루기 위해서는 현재가 아무리 힘들더라도 템포를 늦추더라도 하던 일을 포기해서는 안 되죠. 하던 일을 포기하지 않으면 자연스럽게 새로운 길을 열리게 되고 그 새로운 길로 갈아탈 수가 있어요. 힘이 들 때는 행복했던 날들을 회상하며 자신감을 갖도록 마음을 다독여야 해요. 자신감을 가져야 해요. 자신감은 꿈을 이루는 데 있어 자동차의 연료와도 같아요. 연료를 넣지 않으면 자동차가 움직이지 않잖아요. 인생이라는 험한 길을 운전하는 데 자신감이라는 연료가 없으면 한 발짝도 나아갈 수 없어요. 모든 법칙에는 이유가 있듯이 생에 있어 가장 중요한 목표는 '무엇을what, 왜why'예요. 목적과 이유가 분명하고 자신감이라는 연료가 가득하면 자동차는 씽씽 달리니까요.

내 마음을 움직여야 해

억지로 살기 위해서가 아니라
멋지게 살기 위해서는
내 마음을 움직여야 해.

과거가 아닌 오늘을 선택하도록.
집착이 아닌 변화를 선택하도록.
위기 속에서 기회를 선택하도록.
쉬운 것이 아니라 어려운 것을 선택하도록.
생각이 아니라 행동에 초점을 맞추도록.
나만의 특별한 아름다움을 찾아내도록.

억지로 살기 위해서가 아니라
멋지게 살기 위해서는
내 마음을 움직여야 해.
어제도, 내일도 아닌 바로 지금
내 마음을 움직여야 해.

눈이 녹기를 기다리지 말고,
눈을 밟아 길을 만들어 가는

세상에서 가장 행복한 사람은 누구일까요? 그건 바로 나답게 사는 사람이에요. 나답게 사는 사람이란, 서두르지 않고 내 페이스대로 사는 거예요. 내가 좋아하는 일을 하면서 대단하지는 않지만 스스로 독립적으로 사는 거죠. 정신적, 경제적으로 주체가 되며 사는 것이에요. 세상에는 빠른 사람, 느린 사람이 있어요. 자신에게 맞는 것을 선택하면 되는 거예요. 생각이 심플하고 행동이 빠르면 그렇게 가면 되는 거고 나처럼 생각은 깊지만 행동이 느리다면 느리게 가더라도 목적지를 향해 가면 되는 거예요. 가다가 나를 즐겁게 해주는 것들을 보며 맘껏 즐기면 되는 거죠. 그러나 빠르게 가든, 느리게 가든, 나답게 가기 위해서는 반드시 필요한 게 있어요. 하나는 이루고 싶은 선명한 꿈이 있어야 하고, 두 번째는 자신에 대한 확고한 믿음이 있어야 하고, 마지막 하나는 어떤 일을 포기하지 않고 끝까지 마침표를 찍는 불굴의 의지가 있어야 해요.

돌이켜보면 나에게도 나의 정체성을 찾지 못해 방황한 적이 있어요. 그때만 해도 세상이 말하는 누구답게 사는 것이 행복인 줄 알았으니까요. 그래서 많이 흔들리고 방황을 했죠. 마흔이 지나서야 나답게 사는 것이 무엇인지를 알게 되고 찾았어요. 내가 누구이고 간절히 원하는 것이 무엇인가를 찾기 위해 소중한 것을 많이 잃기도 했죠. 그래서 방황이 더 길어진 것 같아요. 쓰러지기를 여러 번 하고 더 이상 일어날 힘이 없어 식물인간처럼 드러누운 채로 말한 적이 있어요. "내가 원하는 일은 나를 원하지 않는 것 같아. 포기하는 거야"라고. 그러나 최악의 순간이 찾아올 때마다 나에게 힘이 되었던 것은 링컨의 말이었어요.

'나는 느리게 가는 사람이다. 그러나 뒤로 가지는 않는다.'

느리고 느린 나에게는 최고의 말이었어요. 느리게 가는 나를 위로하고 응원하며 쓰러진 내가 다시 일어나 새로운 한 발을 내딛게 하고, 나아가 나를 살린 말이었어요. 지금 생각해보면 조심성이 너무 많아 수없이 망설이다 포기하기도 하고 새로운 걸음을 내딛기가 두려워 그만둔 것이 많았어요. 망설이고 주저하다가 기회를 놓쳤다고나 할까요?

그때는 세상과의 문을 닫고 살았죠. 그러다 보니 자연스레 나를 돌아보게 되었어요. 나를 돌아보는 시간이 길어질수록 나에 대한 비판이나 책망보다 연민과 동정이 깊어가고 결국은 나를 위로하고 응원하게 되더라고요. 그러다 보니 살겠다는 욕망은 더 커져가고 도전해야겠다는 마음은 다시 차오르고 강렬해져 갔어요. 그리고 살아야겠다는, 다시 일어나야겠다는 의지도 단단해졌어요. 생각해보면 벼랑 끝이 결코 절망이 아니라 그 너머에는 희망이 존재한다는 거예요. 후회와 반성, 깊은 고민이 삶의 끈을 붙잡게 되는 동기가 되고 더 많이 노력하도록 채찍질하고 독려한다는 것이에요. 불가능한 것을 가능하게 만들어야 내가 바라는 곳을 가게 되고 원하는 것을 얻게 되어 새로운 역사를 창조하는 거죠. 생애 최고의 기쁨은 누구도 할 수 없는 것을 해내는 것이에요. 그러니 과거에 얽매여 '나는 어디서 와서 지금 무엇을 이루었는가'를 따지며 스스로를 책망하지 말고 '지금 무엇을 해서 앞으로 무엇이 되어 어떻게 살 것인가'를 생각하면 되는 거예요. 지나간 것을 그

리워하거나 놓친 것을 후회해봐야 돌이킬 수 없어요. 현재 무엇을 해야 내가 즐거운지를 생각하면 되는 거예요.

그때 세상과의 절교를 선언하며 오랫동안 절망의 숲에서 허우적거리다가 깨달은 것이 많지만 우여곡절을 다 겪고 나서야 선명하게 깨달은 진실 하나는, 세상에 나보다 '잘난 사람'은 어디를 가나 반드시 존재한다는 거예요. 다만, 내가 상처를 덜 받기 위해서는 비교의 상대를 줄여가야 하고 헛된 욕심을 빨리 버려야 해요. 비우고 버리고 털어내야 해요. 그러면 마음에 상처를 덜 받게 되죠. 또 욕심을 가지고 세상을 바라보던 때에는 바로 앞의 이정표도 잘 보이지 않았는데 많은 것을 내려놓고 마음을 비우고 나니까 멀리 있는 이정표까지 보이더라고요. 눈앞을 막아서는 욕망을 내려놓으니까 몸과 마음이 가벼워져 다시 날아오를 수 있었으니까요. 고단하고 환희에 찬 생의 무늬도 흐르면서 느리게 성숙해지더라고요. 티베트 속담에 '충분히 갖고 있다고 느끼는 사람이 부자다'라는 말이 있잖아요. 행복은 '누구답게'가 아니라 '나답게' 사는 거예요.

탈무드에 이런 말이 있잖아요.

“승자는 눈을 밟아 길을 만들지만 패자는 눈이 녹기를 기다린다.”

나답게 즐겁게 사는 것이란, 나의 길을 내가 만들어가야 한다는 것이에요. 용기 있게 능동적으로 실천하는 거예요. 반듯하게 당당히 나아가야 해요. 또 수시로 나를 칭찬하고 격려하고 위로해야 해요. 물론 채찍질도 하고 반성도 해야 하지만, 가장 중요한 것은 칭찬할 때에는 아낌없이 해야 한다는 거죠. 나를 위한 선물, 나를 위한 보상이 나를 지치게 하지도 않고 끝까지 나아가게 만드니까요. 까짓것 사는 게 별건가요? 열심히 최선을 다해 살다 보면 별일이 생기는 거잖아요!

산다는 것이 고기를 잡기 위해 온몸으로 노를 저으며 바다로 향하는 어부의 심정이 아닐까 해요. 산다는 것도 ‘고기’라는 ‘목적어’를 향해 목숨을 하늘에 맡기며 바다로 향하는 어부처럼 성공을 위해 때로는 목숨을 걸면서 앞만 보고 달려가야 하니까요. 그러나 삶의 중턱에 서서 돌아보니 산다는 것은 이래도 한 세상, 저래도 한 세상이더라고요. 어떻게 살든지 누구에게든 종착역이 같으니까요. 다만 순서만 다를 뿐이에요. 그 하나의 선명한 사실을 떠올릴 때마다 한 템포 느리게 가게 되고 욕심을 줄여가게 되는 것 같아요. 한여름날의 햇살보다 짧은 생이니까 헛헛하죠.

생각해보면 생의 희망도, 절망도, 때로는 의도하지 않은 번짐으로 확대돼요. 손쓸 수 없을 만큼 번지기 전에 중단시키는 힘, 그것이 용기 있는 결단력, 선명한 의지인 것 같아요. 용기 있는 결단력, 그것은 추진력만큼이나 생의 시작과 끝을 아름답게 마무리하는 힘이죠. 아름다운 생의 목표가 있기에 또 일어서서 걷는 거겠죠. 그러니 힘들 때에는 용기로 두려움을 이겨내야 해요. 느리게 가더라도 뒤로 가지는 말아야 해요. 희망이 내 이름을 부를 때까지 끝까지 가야 해요. 일상의 모든 순간에 만족할 수는 없어요. 또 모든 사람에게 기쁨을 주지는 못하죠. 그러나 가장 중요한 단 한 사람, '나'에게 가끔 기쁨을 주고 언제나 살아가는 이유 가 된다면 그것이 가장 나다운, 괜찮은 생이에요.

늘 가장 아름다울 때 추락하는 동백꽃처럼 살고 싶다는 말을 많이 하고 살았는데 생의 중턱을 넘어가니 느리게 가더라도 '나답게' 살고 싶은 욕망이 강렬해져요. 그래서 갖고 싶지만 내 것이 아닌 것들을 덜 욕망하게 되고, 조금 더 내려놓게 되고, 앞으로 나아가는 것보다도 옆에 있는 것, 뒤에 남긴 것들에 대해 돌아보게 돼요. 조금 더 조심하게 되고, 조금 더 양보하게 되고, 조금 더 반성하며 살게 되는 것 같아요. 그래서 신이 인간에게 두 손을 만들어 준 것도 한 손이 포기하려고 내려놓을 때 다른 한 손이 포기 못하도록 잡아주기 위함이고, 욕심내어 더 많이 채우려 할 때 다른 한 손이 막기 위함인 것 같아요. 이렇게 주절주절 두서없는 말을 메모장에 담으며 하루를 마감하네요. 왼쪽에는 인간관계의 미숙 때문에 후회 한 줌, 일의 엉킴 때문에 절망 한 줌, 오른쪽에는 한 통의 전화로 기쁨 한 줌을 안았네요. 웃다가 울다가, 사는 게 그렇죠. 내일은 오른쪽을 향하여 조금 더 침착하게, 진중하게 나아가면 되죠. 그러나 반드시 느리게 가면서도 뒤로는 가지 말아야죠.

밤 11시, 짧은 소나기가 훑고 지나간 하늘에 욕심 없는 별들이 자신만의 빛을 내며 덩실덩실 춤을 추네요. 아파트 빌딩 숲 속에는 집 없는 길고양이도 쉴 곳을 찾아 빠르게 움직이네요. 잡힐 듯 잡히지 않는 자유로운 상념이 쑤욱 고개를 내미네요. 느리게 가는 나, 과연 나답게 사는 걸까요? 그 생각을 하는 사이 잠시 웃음이 나네요. 초롱초롱 빛나는 별이 나의 길을 먼 곳까지 선명하게 밝혀주네요. 희망이 가득해 기분이 좋네요. 그리운 사람 찾아 떠나는 바람처럼 내일은 익숙한 여행자가 되어 나의 길을 뚜벅뚜벅 갈 것 같아요. 눈이 녹기를 기다리지 않고, 눈을 밟아 길을 만들며 가야죠. 느리지만 뒤로 가지 않고 반듯하게 앞으로 당당히 나아가야죠! 어제보다 더 멋진 나를 위해!

PART 3

나 어찌 살아왔을까

있는가, 없는가

쏟아지는 소나기에 얼굴을 묻어 본 적이 있는가.

돌아오지 않기 위해 떠나본 적이 있는가.

겨울 숲에 들어가 소리 내어 울어 본 적이 있는가.

이별한 후에 죽도록 취해 본 적이 있는가.

나보다 더 나를 사랑해 본 적이 있는가.

있다면 충분히 행복한 사람이고

없다면 한없이 쓸쓸한 사람이다.

생애 최고의 날은 아직 오지 않았다

남들이 출근하는 아침 7시에 나는 작업할 준비를 하면서 동네 빵집에서 사 온 식빵에 치즈를 끼워 넣어 토스트를 만들어 먹죠. 물론 커피와 함께요. 아침 식사 시간이 10분도 채 안 되지만 나에게는 행복 한 줌을 만나는 시간이에요. 작업하기 전, 오롯이 나를 위한 식사죠. 소박하지만 먹고 싶은 것을 내 맘대로 선택해서 먹을 수가 있다는 것이 나를 위한 선물이니까요. 누구나 마찬가지겠지만 먹는 것이 즐거워야 작업하는 원고도 잘 풀리거든요.

어쨌든 이달에 들어온 인세와 원고료로 밀린 고지서를 정리하고 나니까 날아갈 듯 기분이 좋네요. 하늘은 금방이라도 비가 쏟아질 것처럼 구름으로 가득하고요. 이보다 편안할 수 없는 오늘이에요. 오늘은 작업이 수월할 것 같아요. 나는 비가 내리는 날이나 흐린 날에 작업하는 것을 아주 좋아하거든요. 밥 먹고 자는 시간

외에는 컴퓨터 앞에서 작업을 하기 때문에 눈이 건강하지 않아서요. 특히 날씨가 많이 건조하면 하루에 수십 번씩 인공눈물을 넣어가며 글을 쓰죠. 비 오는 날에는 눈이 건조하지 않아 인공눈물을 넣지 않아도 되고 내가 싫어하는 자외선도 없어서 좋아요. 비 오는 날에는 오랫동안 작업을 하게 되죠. 아침에 간단하게 토스트로 식사를 하고 나서 텀블러에 커피를 가득 채워놓고 작업을 시작해요. 화장실에 가지 않으면 휴대폰을 꺼둔 채 작업에만 몰입해요. 5~6시간 움직이지 않고 작업하는 것이 습관이 되었으니까요. 그렇다 보니 식사하는 시간이 휴식시간이 되는 거죠. 이렇게 생활한 지가 10년이 넘었어요.

혼자 있을 때는 특별히 식사 시간이 따로 없어요. 전업 작가로 살면서 아침이 있고 저녁이 있는 삶에서 밀려난 지가 오래거든요. 식탁에 제대로 앉아 보글보글 김이 오르는 된장찌개를 먹어본 지도 오래되었어요. 출판사와 계약한 원고를 제 날짜에 탈고해야 맘이 편하지만 지금은 나이도 들었고 또 글에 대한 나만의 확신이

서지 않아 계속 원고를 미루게 돼요. 그러다 보니 약속한 원고를 탈고해야 따뜻하고 맛있는 식사를 할 수가 있어요. 전업 작가로 사는 것이 이렇게 고단할 줄은 몰랐지만 지금은 익숙해졌어요. 그러나 아주 많이 지치고 힘들 때에는 아무도 모르는 곳으로 들어가 몇 달쯤 안식휴가를 갖고 싶은 마음도 있죠. 6개월이든, 일 년이든 그도 안 되면 단 한 달이든 아무것도 안 하고 누구에 구속되지도 않은 상태로 머물다가 이곳으로 오고 싶다는 생각을 간절히 해요. 아마도 지금의 희망이고 소망일 듯해요. 수북이 쌓여가는 고지서가 부담이 되지 않고 가족이라는 그물에서 잠시라도 벗어날 수 있

다면 정말이지 그렇게 지내다가 오고 싶죠. 온전히 나를 위한 휴가를 주고 싶은데 현실은 그렇지 못하니까요.

현재를 충실하게 살면서 간절함으로 기도를 하며 글을 쓰면 언젠가는 그런 기회가 주어지리라 믿어요. 나에게 확신을 갖는 것만큼 대단한 것은 없으니까요. 그 희망을 위해 고단한 현재를 받아들이며, 현실 속에서 작으나마 만족과 행복을 찾으려고 애쓰고 있죠. 아무리 컴퓨터 앞에서 작업을 하더라도 오후 네 시에서 다섯 시 반까지, 한 시간 반 동안에는 주변을 산책하거나 음악을 듣거나 책을 보거나 하며 쉼표를 찍어요. 그 시간이 나를 위한 기쁨을 찾아주는 시간이에요. 물질적으로 여유가 되지 않더라도 가까운 쇼핑몰로 외출을 해서 나를 위한 작은 선물을 하죠. 내가 좋아하는 꽃을 사거나 향수를 사거나 액세서리를 사며 나를 토닥이고 응원하죠.

혼자서 쇼핑하는 것이 습관이 되어 지금은 너무 편해요. 누구의 눈치를 보지 않고, 누구의 의사를 묻지도 않고 발길 닿는 대로 가면 되니까요. 요즘은 건강도 좋지 않고 밀린 원고가 많아 멀리

갈 수가 없어요. 가까운 곳에서 최선의 만족을 찾아 즐기죠. 마트, 전통시장에서도 느낄 수 있는 기쁨은 있어요. 찾으면 반드시 있어요. 나를 기쁘게 해주는 그 무엇이 말이예요. 300원짜리 자판기 커피일 수도 있고, 뜨끈한 어묵 하나일 수도 있고, 하얀 백합 한 송이일 수도 있어요. 나의 마음을 끌어당기는 그것을 선택하면 되죠. 마음을 끌어당기는 그 선택을 놓치면 잠시 잠깐 찾아와서 누릴 수 있는 행복을 놓치는 거예요. 지금 당장 커피를 마시고 싶고, 지금 당장 포장마차의 뜨끈한 어묵을 먹고 싶은데, 버스가 와서 약속시간에 늦는다는 핑계로 포기해 버리면 짧은 그 만족감을 누릴 기회를 놓치게 되죠. 놓친 기회는 다시 찾아오지 않아요. 하고 싶을 때, 먹고 싶을 때 조금 늦더라도 먹고, 하고 가는 것이 정답이에요. 우리가 열심히 일을 하는 것도 내가 행복하기 위해서죠. 돈을 버는 것도, 사람을 만나는 것도 결국은 내가 행복하기 위해서잖아요.

나도 마흔 즈음까지는 "나중에 하지, 나중에 먹지"라고만 했어요. 나보다는 다른 사람을 우선적으로 배려했죠. 그러다 보니 당연히 나는 늘 뒤로 밀리더라고요. 내가 나를 먼저 챙겨야 다른 사람도 나를 챙긴다는 거예요. 내가 나를 소홀히 대하다 보면 다른 사람도 그렇게 생각하죠. 저 사람은 늘 그랬으니까. 이 세상에 늘 그런 사람은 없어요. 겸손이 지나치면 자신감이 줄어들고 비굴해질 수 있어요. 나를 먼저 챙기는 것도 용기예요. 행복해지려면 용기가 필요해요. 지금 당장 행복해질 일이 눈앞에 있는데 바쁘다는 이유로 미룬다면 늘 나의 행복도 밀려나게 되는 거죠. 나를 행복하게 해주는 것이 '이것이다'라고 느껴지면 바로 움직여서 가지는 거예요. "나중에, 나중에"라고 미루지만 나중이 없을 수도 있잖아요. 우리에겐 오늘만 있을 뿐이에요. 내일은 있을 수도 있고 없을 수도 있으니까요. 그러니 지금 당장 나를 행복하게 해주는 것을 찾아 누리면 되는 거예요. 나의 형편에 맞게 소비하면 되는 거예요. 만 원짜리 커피가 아니더라도 천 원짜리 커피로 나에게 기쁨을 줄 수도 있으니까요. 나를 기쁘게 해주는 것을 발견하는 것도 능력이니까요. 돈이 없다, 시간이 없다, 그건 핑계예요. 분수껏 찾으면 기쁨은 누릴 수가 있어요.

물론 몸이 아플 때에는 움직일 수가 없으니까 그럴 때에는 좋아하는 음악을 들으면 위로가 되죠. 노래 부르기를 좋아하는 사람은 나직이 노래를 부르며 위안을 찾고 나처럼 부르는 것보다 듣는 것을 좋아하면 쇼팽의 음악을 들으며 명상을 해도 좋으니까요. 내 생에 아프지 않고 가장 행복했던 그때를 회상하며 성찰의 시간을 가지면 되는 거예요. 아픔도 물 흐르듯 지나가니까요. 살아있는 모든 것은 멈춰 있지 않고 움직이니까요.

나 역시 누구의 간섭도 받지 않으며 작업을 하지만 스트레스는 엄청 쌓이죠. 마감 원고 걱정, 인세가 얼마나 될까 걱정, 신간 작품에 대한 독자의 반응 등 고민거리가 한두 가지가 아니에요. 작업하다 보면 주변에는 책들이 널브러져 있고 먹다 남은 과일, 식빵 커피들이 어질러져 있습니다. 그럼에도 나는 오늘 마쳐야 할 분량의 작업을 끝내기 전까지는 치우지 않아요. 오늘 해야 할 일을 마감하는 순간 정리정돈을 하고 쉼의 시간도 가지니까요. 물론 제대로 정리가 되지 않으면 맘이 편하지 않고 완벽하게 정리를 끝내야 산책을 해도 기분이 좋아요. 나에게 산책은 쉼이기도 하지만

걸으면서 행간 속의 어휘들을 조합하는 시간이거든요. 좋은 아이디어가 떠오를 때도 있고 그렇지 않을 때도 있지만 산책은 작업의 연장이기도 하니까요. 또 한두 시간 산책하고 돌아와 마시는 허브티의 맛은 그 무엇과도 비교할 수가 없어요. 이보다 더 좋을 수는 없는 만족감, 해방감 그리고 행복감을 안게 되죠. 일상에서 마주하는 하찮은 것들이 행복이에요.

일상에서 만나는 작은 만족이 생을 편안하게 길들여 주죠. 그것은 나를 위로하고 배려하는 작은 선물이기도 해요. 행복은 피타고라스의 정리처럼 정확하게 떨어지는 것이 아니라 지루한 장마 속에 반짝이는 눈부신 햇살이에요. 어영부영하다가 놓치기도 하는 긴 장마 속에 만나는 짧은 햇살이에요. 자주 연습할수록 느는 것도 행복이에요. 결국 행복도 습관이라고 해야 하나요? 행복은 대단하지 않아요. 추위에 떨지 않고 굶주림으로 고통 받지 않는다면 행복한 거예요. 두 발로 걸어 다닐 수 있다면 행복한 거예요. 두 팔을 사용할 수 있다면 행복한 거예요. 두 눈으로 볼 수 있다면 행복한 거예요. 두 귀로 들을 수 있다면 행복한 거예요. 남의 것을 부러워하지 말고 가진 것에서 행복을 발견하면 되는 거예요.

헛된 욕심을 비우고 마음으로 자신을 사랑하면 내 행복을 찾을 수가 있어요. 행복은 멀리 있는 것도 아니고 대단한 것도 아니에요. 바로 내 눈앞에 머물고 있어요. 아주 평범한 것이, 아주 사소한 것이 나를 웃게 해 주니까요. 내가 웃을 수 있는 그 순간이 행복과 마주한 순간이에요. 행복도 비교의 대상이죠. 타인과의 비교가 아닌, 나와의 비교예요. 어제보다 걱정이 덜하고, 어제보다 더 건강하고, 어제보다 물질적으로 조금 더 풍부하다면 그게 바로 행복한 순간이에요.

티베트 속담에 '내일과 다음 생 중에 어느 것이 먼저 올지 아무도 모른다'는 말이 있잖아요. 단지 젊다는 이유로 나중에 죽고, 나이가 들었다고 먼저 죽는 것은 아니에요. 죽음은 나이 순서가 없으니까요. 젊다고 현실에 안주하지 말고 나이가 들었다고 초조해하지 말아요. 그냥 현실을 있는 그대로 받아들이며 최대한으로 즐겁게 생활하면 돼요. 남들은 일찍 퇴근하는데 나만 야근한다고 투

정 부리지 말아요. 취업을 하지 못한 청년, 퇴직을 한 장년들에게는 아침 일찍 출근하는 직장인이 가장 부러우니까요. 모두가 퇴근한 사무실에서 마지막으로 전등을 끄고 나오는 사람이 어쩌면 가장 행복할지도 모르죠. 일이 넘친다는 것은 축복이에요.

전업 작가로 사는 나로 말하자면 인세로 일 년에 천오백만 원 남짓 벌기 위해 눈이 시뻘겋게 충혈되어도 즐거운 마음으로 텍스트 안에서 유랑을 하죠. 작업을 하다 보면 힘들게 건져 올린 원고가 어쩌다 삭제 버튼을 잘못 눌러 사라질 때도 많아요. 그 원고를 다시 찾느라 밤새도록 컴퓨터를 붙들고 있어요. 무엇을 하든 불평하는 사람도 있고 그렇지 않은 사람도 있어요. 마지막 승객을 다 내려주고 차고지에 들어가 사무실 모퉁이에 버티고 있는 300원짜리 자판기 커피 한 모금으로 뿌듯함을 느끼는 버스 운전기사도 있어요. 또 한 달에 수천만 원을 벌면서도 부족하다며 불평하는 사람도 있고요. 똑같은 일을 해도 만족하며 열심히 하는 사람이 있는가 하면 불평불만을 늘어놓으며 못마땅해 하는 사람도 있어요. 욕심이 지나치지 않을 만큼 주어진 일을 즐거운 마음으로 해야 새로운 길도 열려요. 새로운 길은 아무런 일을 하지 않고 집안에서 놀고만 있으면 열리지 않죠. 일을 통해서 더 나은 일을 만나게 되니까요.

자신이 하는 일에 만족을 해야 웃을 수가 있어요. 웃게 되면 일한 만큼 보수가 적어도 맞춰서 살게 되죠. 인간의 욕망은 끝이 없어요. 하나를 얻게 되면 더 큰 하나를 욕망하죠. 무엇이든 각자의 '능력'이 정해져 있어요. 그 영역 범위 내에서 욕망을 해야죠. 자신의 능력 범위의 한계를 제대로 아는 사람이 욕망한 것을 성취하게 되죠. 자신을 잘 아는 만큼 중요한 것은 없어요. 어디서 무엇을 하든 무엇을 가지고 무엇을 버려야 할지를 정확히 아는 것이 중요하죠. 그래야만 내 것에 집중할 수가 있잖아요. 정확한 집중과 몰입이 만족스러운 성취를 안겨주니까요. 성취라는 결과물은 한겨울에도 송골송골 땀방울이 맺힐 정도로 일에 몰입을 해야 하고 몇 번의 실패와 상실을 거듭하고 나서야 만족스러운 결과물을 안게 되니까요. 단 한 번에 대단한 성취를 거두는 일은 없어요. 몇 번의 실수, 실패를 반복하면서 무언가를 발견하게 되죠. 새로운 발견, 그것이 바로 만족이고 행복한 성공이에요. 또한 남의 의견은 존중하되 당연하게 받아들이지 말아요. 그 의견이 나에게는 맞지 않을 수 있으니까요. 나에게 맞는 시스템을 발견해서 주도적으로 이끌어야 해요. 내 인생, 내 행복의 전문가는 나뿐이니까요. 현재의 조건, 환경, 재산, 지위는 살아온 과거의 결과물이에요. 지금 만족스럽지 못하다면 열심히 살지 않은 대가라 생각하고 더 열심히 살면 되죠. 그대로 받아들이면 돼요. 여러 개의 박사학위를 가졌다 해도 반드시 행복하지는 않잖아요. 행복하다고 말하는 수많은 사람 중에는 박사학위가 없는 사람이 수두룩하니까요. 스스로 균형감각을 잃지 않고 조절하며 살아가는 사람이 행복한 사람이에요.

지치고 짜증 날 때에는 속도를 늦추면서 가야죠. 남이 빨리 간다고 해서 내 조건도 생각하지 않고 무작정 빨리 가다 보면 문제가 생겨요. 속도에 맞춰 일하는 목표를 세우고, 조건에 맞게 시간을 사용하면 돼요. 가장 중요한 것은 남이 뭘 하든 신경 쓰지 말고 내 방식대로 육체적, 정신적 공간을 스스로 통제하면 돼요. 시간을 지배하는 최고의 방법이 무엇인지 알고 나면 조급증을 내지 않고 하루를 길게 만들 수 있어요. 좌우의 날개로 새가 날듯이 사람 역시 꿈과 희망이라는 날개가 있기에 행복으로 달려가게 되는 거잖아요. 먼저 핀 꽃은 일찍 지죠. 남보다 먼저 가려고 조급하게 서둘지 말아요. 생명이 긴 것은 그만큼 준비 기간도 길거든요. 오랫동안 땅에 엎드린 새가 날기 시작하면 높이 나니까요. 또 숯과 다이아몬드는 원소가 똑같은 탄소예요. 똑같은 원소임에도 하나는 최고의 아름다움을 상징하는 다이아몬드가 되고, 하나는 보잘것없는 검은 덩어리로 남죠. 어느 누구에게나 주어지는 하루 24시간이라는 원소, 그 원소의 씨앗으로 다이아몬드를 만드느냐, 숯을 만드느냐는 나의 선택이고 능력이에요. 행복한 시간을 얼마나 더 많이 오래 갖느냐는 누가 선물하는 것이 아니에요. 오롯이 나의 치열함, 정성이 담긴 땀이 말해주는 거예요. 마포대교 '생명의 다리'에는 이런 문구가 있어요.

아직, 가장 빛나는 순간은 오지 않았다.
가장 뜨거운 순간은 아직 오지 않았다.
가장 행복한 순간은 아직 오지 않았다.
아직, 오지 않은 것은 너무나 많다.

그래요. 내 생애 가장 최고의 날은 아직 오지 않았어요. 여기에 이렇게 살아있고, 우리에겐 여전히 살아갈 시간이 많이 남아 있으니까요. 물론 다가올 미래는 아무도 몰라요. 물론 지금보다 더 힘들 수도 있어요. 그러나 어제보다 오늘, 좀 더 열심히 노력하면 더 찬연한 내일이 기다릴 거고, 희망을 잉태한 씨앗은 가장 행복한 순간을 선물할 거예요. 진심으로 최선을 다한다면, 기필코 내 생애 최고의 날과 마주할 거예요. 찬란한 그날을 위해 조금 더 힘을 내요.

아주 오래된 서랍을 열어보니 여전히 꿈은 뒤척이고 있었다

돌아보니 내 생도 굴곡진 날들이 참 많았어요. 스무 살 되기 전에는 분에 넘치는 사랑을 듬뿍 받으며 남부럽지 않게 살았죠. 대학을 졸업하고 멋진 직장의 회사원이 되었을 때에는 세상이 나를 위해 열린 것 같았고요. 서른 중반, 진중하지 못한 선택으로 몇 년 동안 칼날 위에 서 아슬아슬 춤을 추었죠. 그럼에도 열심히 일하고 착하게 살면 기적이 내게로 오는 줄 알았어요. 바보처럼 시간이 흐르면 한 번의 기적이 찾아올 거라 믿으며 우연에 기대어 살았죠. 지옥 같은 벼랑 끝에서 허우적거리다가 피투성이의 몸으로 탈출하고서야 깨달았어요. 이 세상에 당연히 공짜로 주어지는 것은 아무것도 없다는 것을, 스스로 노력해서 만들어가야 한다는 것을, 이 세상에 믿을 것은 나뿐이라는 것을, 내가 반듯해야 가족도 보이고 사람들이 보인다는 것을, 그토록 애타게 찾던 행복이라는 기적도 내가 만들어가야 한다는 것을.

힘든 시간을 빠져나온 내게 떠오른 한마디는 작가 해리엇 비처 스토가 쓴 『톰 아저씨의 오두막』에 나오는 말이었어요.

> "아무리 먼 길도 반드시 끝이 있고, 아무리 어두운 밤도 결국은 동이 트게 되어 있다."

지나온 나의 생은 무섭게, 혹독하게 채찍질하며 말했죠. 지나온 모든 길을 잊고 지우라고. 바람이 된 길이든, 별이 떨어진 길이든, 그래야 새로운 길이 열린다고. 그래요. 과거를 기억하되 과거에 끌려 다녀서는 안 되는 거예요. 즐거웠든 힘들었든 간에, 과거에 머물다간 앞으로 한걸음 내디딜 수가 없으니까요. 과감히 잊고 지워야 새로운 길이 열리니까요. 또 나의 길은 단 하나뿐이고 나만이 만들 수가 있으니까요. 괴테의 시에 나오는 것처럼 '눈물과 함께 빵을 먹으며' 나의 길을 만들기 위해 죽을힘을 다했죠. 홀로 폭풍 같은 고통을 이겨내고 피가 흐르도록 벗겨진 상처를 치유하고 나니 그때 비로소 편안히 웃고 있는 나를 발견하게 되었죠.

행복이 전부라고 말했던 그 '평범한 일상'을 무시하며 하늘의 별을 따러, 달을 만나러, 무지개를 쫓아 뛰어다녔기에 '평범한 일상'과는 멀어졌던 것이죠. 너무 가까이 있는 것을 벗어나 멀리 높은 곳에서 대단한 것을 찾으려 했으니까요. 그 사실을 깨닫고 나서야 비로소 참회의 눈물이 주르르 흘러내렸어요. 밖의 '나'와 내 안의 '나'와의 진정한 해후였지요. 내려놓고 비우니, 욕망을 줄이고 내 눈높이를 가늠할 정도가 되니 나를 포함한 주변의 것들이 자세히 보였죠. 세상의 모든 것들이 발버둥 치며 살아왔던 나를 토닥이는 것 같아 고마웠고요.

행복을 찾아 수십 년을 술래잡기하고 보니 행복은 대단하지가 않다는 것을 깨달았어요. 나를 필요로 하는 일이든, 내가 필요한 일이든, 반드시 일을 하며, 적당히 아프며 좋아하는 사람을 만나 맛있는 식사를 하는 거예요. 또 가고 싶은 곳을 찾아 여유 있게 누리는 거예요. 행복은 대단한 것이 아니었어요. 다시 말해 행복을 마주한다는 것은, 하늘의 별을 따는 것과 같은, 판타지 영화에 나오는 그

런 마주침이 아니었어요. 건강하게 아침에 눈을 떠 가족과 함께 밥을 먹고 출근을 하고 퇴근을 해서 돌아와 사랑하는 사람들과 웃으며 이야기를 나누는 시간을 많이 갖는 것이었어요. 가족, 동료, 친구, 지인들과 소통하며 편안함을 모으는 것이었어요. 그 편안함이 모아져 누구나 바라는 '평범한 일상'을 선물 받는 것이었어요.

그 후 십 년이 또 흘렀죠. 여전히 결핍 속에 머물고 있지만 이제는 행복해요. 책을 내고 글을 쓰며 받는 인세, 원고료로 당당히 원하는 것을 사는 기쁨, 세상에서 가장 사랑하는 소녀와 함께 웃을 수 있는 소소한 여유, 그것이 성취감이고 행복이라는 것을 알았죠. 행복의 크기를 가늠할 수는 없지만 작가로 사는 지금이 편안해요. 물론 조금 더 사치를 하던 넉넉한 교사 시절도 나쁘지 않았어요. 다만 오래도록 하기에는 내 성격이 받쳐주지 못했을 뿐이에요. 아쉬움은 있지만 어쨌든 현재의 나는 전업 작가이니 분수껏 살아야죠. 내가 흔들리면 가족이 흔들리니까요. 가족은 모빌이에요. 하나가 흔들리면 전체가 흔들리죠.

모자라면 아껴가며 살아야죠. 소고기를 먹지 못하면 돼지고기를 먹으면 되고, 생선회를 먹지 못하면 생선구이를 먹으면 되죠. 맛있게 먹으면 되는 거예요. 최고의 맛은 그 음식을 누구와 먹느냐에 따라 달라지잖아요. 그렇게 생각하니까 걱정도 줄어들더라고요. 조금 힘들어도 남 탓, 세상 탓하지 않고 정면 돌파하게 되더라고요. 기댈 곳이 없다고 생각하니까 부지런히 몸을 움직이게 되더라고요. 기댈 수 있는 벽이 없다는 게 슬펐지만 그 사실을 깨닫는 순간 모든 것이 단순해지고 선명해지더라고요. 그러니까 더 열심히 일하게 되죠. 혼자 힘으로 견뎌 내다 보니 철부지 어른 아이가 철이 든 어른으로 바뀌더라고요.

그래요, 기억과 꿈은 닮았어요. 잃어버리지 않기 위해 반복해서 떠올리고 좇아가야 해요. 쓸려가듯 몰두하고 나면 나머지 채워지는 건 뿌듯함, 허전함이죠. 오랜만에 아주 오래된 서랍을 열어보니, 먼지가 자욱한 그곳에서 추억은 숨 쉬고 있고 마음속 어느 바다에서는 푸른 돌고래가 느리게 헤엄을 치고 있었죠. 추억은 나이를 먹지 않고 여전히 가슴을 설레게 하네요. 이보다 더한

최선은 없다고 여겨질 만큼 최선을 다하고 살았기에 나에게 '애썼다'는 말을 자주 하려고요. 이제는 큰 욕심이 없어요. 소소한 희망을 가지고 있을 뿐이에요. 꾸준히 글을 써서 세상과 소통하며 더 큰 결핍 없이 사는 거예요. 좋아하는 글을 쓰며 그 대가로 누린다는 것, 그것이 내 몫의 행복이라는 것을 깨달았죠. 조금 더 좋아진다면 세상에서 가장 사랑하는 나의 분신, 너무 미안하고 죽도록 눈물겨운 소녀를 위해 더 맛있는 것, 함께 아름다운 곳을 여행하며 놓치거나 잃어버린 즐거움을 찾아 누리고 싶어요. 현재의 환경에서 누릴 수 있는 즐거움, 환희, 만족을 발견해 나갈 거예요. 앞으로 욕심 부리지 않고 '적당함'을 찾아 보통의 행복을 노래할 거예요. 지옥 같은 어제를 잊지 않되 천국 같은 내일을 꿈꾸며 살아야죠. 공짜로 얻기 위해 두리번거리지 말고 남의 것을 빼앗지 말고 발에 땀나도록 노력해서 가져야죠. 실체가 없는 행복이라는 추상 명사를 실체가 있는 보통 명사로 만들어야죠. 그것이 내 생의 완전한 주인이 되는 거니까요. 그때가 되면 저절로 입가에 잔잔히 미소가 번지겠죠. 누릴 수 있는 조건, 자격이 갖추어진 최고의 날이 되겠죠. 그런 날이 곧 밀물 되어 밀려들었으면 좋겠어요. 그때 머리끝에서 발끝까지 차고 흐르는 전율, 감동을 느껴야죠.

세상 사람이 나를 못마땅하게 생각해도
내 가족이 좋아하면 잘살고 있다는 거야.
세상 사람이 나를 못마땅하게 생각해도
나 자신이 나를 자랑스러워한다면
괜찮은 사람인 거야.
잘살고 있고 괜찮은 사람이라는 거야.
그러니, 기죽지 말고 당당해야 해.
자신감을 갖고 신나게 걸어봐.

좋은 이별,
이별과 이별하는 것

우리는 매일 수많은 이별 속에 살고 있어요. 익숙한 장소에서 사랑하는 사람을 만나 기분 좋게 식사를 하고도 헤어지죠. 익숙한 습관처럼 아침과 낮, 밤과 만나고 이별하는 것에 길들여져 있어요. 원하든 원하지 않든, 우리의 하루는 만남과 이별로 시작되고 끝나죠. 일상 여기저기에서 만날 수 있는 이별이지만 이별은 전혀 익숙해지지 않고, 이별 앞에서는 두렵고 자꾸만 작아지는 자신을 발견하죠.

"이 사람과 헤어지면 더 좋은 사람을 만날 수 있을까?"

"내가 이 회사를 그만두면 더 괜찮은 회사에 갈 수 있을까?"

"지금의 힘든 상황과 이별하고 싶은데…."

이별은 사랑하는 사람과의 헤어짐만을 의미하지는 않아요. 방금 마주친 눈부신 햇살을 포함해서 다니던 직장을 그만두는 것도 이별이고 익숙하게 길들여져 왔던 가족으로부터 독립하는 것도 이별이에요. 과거의 기억에서 벗어나는 것도, 타인과 비교하는 마

음에서 해방되는 것도 이별이에요. 그러니 이별은 일상에서 마주치는 모든 것들 안에 있어요. 어떤 것과 이별하든 이별한다는 것은 결코 쉬운 일이 아니에요. 특히 사랑하는 사람과의 이별은 두려움, 불안, 위축, 외로움을 부르죠. 좋지 않게 이별하면 미래가 불투명해지고 답답한 상황과 마주하잖아요. 그러나 인연과 잘 소통이 되지 않고, 고집이 세고 결벽증이 심하면 분명 이별에도 서투른 법이죠. 그럼에도 이별을 해야 할 상황이면 좋은 이별을 해야죠. 좋은 이별은 더 나은 기회를 안겨주죠. 이별을 잘 해야 새로운 만남에도 자신감이 생겨요. 이별을 하고 나면 가끔 그런 생각을 하게 되죠.

'그 사람은 잘 지내고 있을까?' 한 번쯤 물어보고 싶고 어떻게 지내나 궁금하기도 하고 그러면서 그 사람을 생각하게 되죠. 그러니까 이별에도 최소한의 예의가 필요해요. 남녀 간의 이별을 자세히 들여다보면 보통 헤어지자고 먼저 손 내미는 사람은 이미 마음의 정리가 끝난 거예요. 그러나 이별을 통보 받은 사람의 입장에서는 마음의 준비가 되지 않은 상태이기 때문에 당황할 수밖에 없죠. 이런 이별은 좋은 이별이 아니죠. 무작정 통보가 아니라 시간적 여유를 가져야 해요. 일주일에 두 번 만난다면 한 달에 두세 번으로 횟수를 줄여가며 생각할 시간을 서로가 갖는 거죠. 그러다 서로에 대한 믿음이 깊으면 더 깊은 사랑을 나누는 거고, 서로에 대한 의혹이 더 큰 불신으로 다가오면 자연스럽게 멀어지게 되는 거예요. 그럼에도 이별의 끝에서는 최소한의 예의를 지켜야 해요. 자존심을 건들며 마음의 상처를 안기면서까지 냉정하게 돌아서거나, 말없이 잠적하거나, 문자로 이별 통보하는 것은 비겁한 행동이에요. 물론 이미 끝난 관계인데 그게 무슨 소용인가 하겠지만 적어도 한때 사랑했던 사람과의 이별인데 서로에게 몰입하며 행복했던 마음은 존중해줘야죠. 그러니까 최소한의 인간적인 감정으로 그동안 함께 사랑한 것에 대한 관용은 베풀어야 해요.

아무리 이별해도 그 사람과 함께했던 순간은 지우개로 지우듯 깨끗이 지워지지 않잖아요. 이별을 한 후에도 더 좋은 사람을 만나지 못하면 그 사람을 그리워하게 되는 거예요. 좋은 이별인지

나쁜 이별인지는 이별한 뒤에나 깨닫게 되니까요. 아무리 헤어진 사람과 인연을 끊으려고 해도 쉽지가 않아요. 누구를 만나든 늘 그 사람은 비교 대상이 되거든요. 새로운 사람을 만나게 되더라도요. 더 좋은 사람으로 기억되거나 좋지 않은 사람으로 기억되는 거예요. 현재 만나는 사람에 대한 만족도에 따라 달라지는 거예요. 어쨌든 한때 서로 사랑했고 아름다운 추억도 함께 공유를 했기에 이별에 대한 최소한의 애도는 해야죠. 그를 위해서라기보다는 앞으로의 나를 위해서죠. 당장 헤어지더라도 그 사람과의 즐거웠던 기억은 사라지지 않잖아요. 그러니까 그 사람의 앞길에도 행운을 빌어주어야 해요. 잠시나마 서로에게 행복을 안겨주려고 노력했으니까요. 좋은 이별을 하기란 어려운 거예요. 그럼에도 좋은 이별을 해야 내게 남은 상처가 잘 아물며 치유가 되는 거예요. 이별도 힘든 과정이지만 잘 견뎌내야 하거든요. 아름답게 사랑하는 것만큼 아름답게 이별하는 것도 능력이에요. 물론 사랑이 억지로가 아니라 저절로 노력하고 싶은 마음이라면, 이별은 억지로 희생하면서 애써도 이전으로 회복되지 않는 거지만요. 물론 협의해서 서로가 '우리 다시 잘해 보자'라는 결론에 이르면 더 좋아질 수도 있어요.

그러나 한 사람은 이별 통보를 하고 한 사람은 매달리면서 "내가 더 잘 할게"라고 한다면 그건 절대로 좋은 사랑이 아니라고 봐요. 한 사람은 철저하게 희생을 강요 당해야 하니까요. 사랑에 있어서도 갑과 을의 관계가 된다면 그것은 서로에게 애증만 남긴 채 파국으로 끝나버리죠. 보통 이별에 대해 '찼다, 차였다'는 표현을 많이 쓰잖아요. 이 말 속에 주종 관계에 대한 자존심을 세우고 싶은 마음이 가득 차 있어요. 그러나 완전한 이별은 일방적이지 않아요. 물론 누가 먼저 이별을 선언하느냐지만 관계의 끈은 항상 두 사람에게 있으니까요. 완전하고 좋은 이별은 그에게 머물렀던 나의 기대와 환상을 회수하는 거예요. 나아가 내가 정확히 누구인가를 스스로 깨닫게 되는 기회가 되죠. 또 '이 사람이 내 짝이야!'라는 확신이 드는 사람을 만났을 때 비로소 이별이 종료되는 거예요. 그와 동시에 새로운 사랑이 시작되는 거고요. 사랑은 반드시 수평적인 관계가 계속되어야만 오래 지속될 수가 있어요. 물론 갑과 을의 관계도, 주종의 관계도 진정으로 사랑한다면 어떤 때는 받아들이게 되죠. 서로가 번갈아가면서 주고받는 관계가 된다면.

좋은 이별은 합의 이별이에요. 함께해 온 시간들을 함께 정리하면서 이별의 아픔도 공유하는 것이에요. 내 안의 내밀한 것들까지 공유했던 사람이기에 존중해줄 필요가 있어요. 그러니까 우선은 마음의 정리를 할 시간을 가져야 해요. 그래도 안 된다면 이별식은 반드시 만나서 얼굴을 보며 선명하게 하는 거예요. 어차피 헤어질 사람이라면 더 이상 상대방에 대한 비난이나 원망 같은 것은 하지 않는 것이 좋아요. 그리고 행복을 빌어주는 것이 가장 바람직한 이별에 대한 예의예요. 물론 그게 쉽지만은 않죠.

그러나 성숙의 단계로 접어드는 거예요. 절대로 낭비한 시간도 아니고 부끄러운 시간도 아니에요. 이별의 경험은 더 나은 사랑을 할 능력을 키워주는 거예요. 어떤 환상이 실패를 안겨주었는지를 정확하게 깨닫게 해주는 거예요. 성찰의 시간은 충분한 애도의 시간이 되고 애도를 통해 더 단단한 마음의 근육이 생기는 거예요. 그러니까 사랑한 후에 이별은 성숙으로 가는 치유의 과정이에요. 소설가 최인훈은 『광장』에서 '사람은 한 번은 진다. 다만 얼마나 천하게 지느냐, 얼마나 갸륵하게 지느냐가 갈림길'이라고 했어요. 이별도 거룩하게 맞이해야 아름답게 질 수가 있어요.

가끔 추억이 치욕의 불길 속에서 활활 타오르더라도 견뎌야 해요. 아름다웠던 기억보다 고통 속의 영상이 덮치더라도 충분히 애도를 해야 해요. 이별은 새로운 출발을 의미하지만 이별 후에 찾아오는 지독한 슬픔과 고독을 잘 승화시켜야 해요. 이별하고 나서 울고 싶으면 실컷 울어야 하고요. 슬픔을 밖으로 아낌없이 토해내지 않으면 상실에 대한 고통과 얼룩은 그림자처럼 오래도록 따라다녀요. 최대한 깊이 슬퍼하고 애도하는 것이 필요해요. 또 마음으로 다 내려놓아야 아름다운 이별이 되는 거예요. 진심을 담아 보내주고 잊어주는 게 사랑한 사람에 대한 예의예요. 과거가 집착의 뿌리가 되어 나의 미래를 비틀어 끌려 다니지 않게요. 두 번 다시 누군가의 집 앞에서 차마 들어서지 못한 채 울고 있는

내가 되지 않기 위해서는 죽도록 애도하여 온전히 마음으로 보내야 해요. 그것이 한때 사랑했던 사람과 아름답게 이별하는 예의예요. 이별이 습관이 되지 않고, 마음으로 떠나보내야 좋은 이별이에요. 그래요. 이별할 때에 가만히 서 있는 풍경은 눈물이에요. 그럼에도 뒤돌아보지 말고 가야 해요. 기어코 일어나 한걸음 앞으로 내디디면 돼요. 머지않아 강렬하게 비상을 꿈꿨던 애심愛心은 저물 거예요. 출구 없는 그리움도 온통 눈부신 슬픔도, 아름다운 상처도 다 데려갈 거예요. 사랑이 떠난 자리는 새로운 사랑이 채워주니까요. 이별에 익숙해져야 해요. 떠난 그 사랑의 모든 것이 딱딱해질 때까지 이별과 이별해야 해요. 그러니까 울지 마요. 애써 봐요. 응원할게요. 당신을 위해.

시월애

참 지루한 여름이 끝나고 다시 10월입니다. 나를 좀 더 선명하게 보기 위해 길 위에 섰습니다. 미시령, 진부령, 한계령을 넘어가며 느릿느릿 움직이다 보니 해질녘 경포대에 도착했습니다. 10월이면 늘 찾아오는 마음의 병 때문에 치유 여행을 서둘렀습니다. 바다는 언제나 흔들리는 내 마음을 포근하게 껴안아 주었습니다. 언제나 바다는 내 마음의 고향입니다. 이 가을, 동해 바다를 찾으니까 가을을 노래한 시가 떠오릅니다.

'주여, 때가 되었습니다 / 여름은 아주 위대했습니다 / 당신의 그림자를 해시계 위에…'로 시작되는 라이너 마리아 릴케의 '가을날'이 생각나고, 가을이 조금 더 깊어 가면 김현승 시인이 쓴 '가을에는 기도하게 하소서 / 낙엽 지는 때를 기다려 내게 주신 / 겸허한 모국어로 나를 채우소서'로 시작하는 '가을의 기도'도 생각이 납니다. 또 오늘처럼 뼛속까지 그리움이 사무칠 때에는 '시월의 마지막 밤'이라는 노랫말이 들어있는 '잊혀진 계절'이 생각납니다.

동해 바다는 20년 전이나 지금이나 한결같이 7번 국도가 너무도 아름답습니다. 내가 강원도를 찾는 이유 중의 하나도 바로 7번 국도를 만나기 위해서니까요. 7번 국도는 셀 수 없을 만큼 영화와 드라마 속에 등장하는 배경이 되기도 했지요. 7번 국도는 일명 '헌화로'라고도 합니다. 신라시대의 노래인 '헌화가'에서 딴 이름인데 가사 중에 이런 문구가 나옵니다.

"자줏빛 바위가에 / 잡고 있는 암소 놓게 하시고 / 나를 아니 부끄러워하시면 / 꽃을 꺾어 바치오리다."

또 누군가는 말했습니다. 경포대에는 5개의 달이 뜬다고. 하늘에 뜨는 달, 호수에 뜨는 달, 바다에 뜨는 달 그리고 술잔에 뜨는 달, 마주 앉은 님의 눈 속에 달이 있다고 했습니다. 작가로 사는 나에게는 오로지 초희라는 이름으로 시 쓰고 그림을 그렸던 천재 작가 허난설헌이 떠오릅니다. 한 떨기 꽃 같은 시를 남기고 스물일곱 살로 숨을 거둔 허난설헌이 떠오릅니다. 특히 내 시선을 끌어당기는 것은 국화와 들꽃, 그리고 길게 늘어선 붉은 소나무입니다. 그 고즈넉한 풍경에 함께 빠져들면 마음이 푸근해집니다. 푸른 솔잎은 뉘엿뉘엿 떨어지는 햇빛 틈에서 주황빛으로 물들어갑니다.

건너편 산등성이의 울긋불긋한 단풍나무 앞에는 모든 것들과 이별을 하려는 11월, 12월의 앙상한 나무도 서 있습니다. 이제 곧 봄, 여름, 가을 동안에 무수히 쏟아냈던 밀어들과 눈물로 이별을 해야 합니다. 물론 충분히 애도식을 치러야 합니다. 시월은 화려했던 모든 것들과의 아름다운 이별을 준비해야 하기에 더 고독하고 슬프고 외로운지도 모르겠습니다. 화려했던 나와, 지나간 아름다운 것들과 아쉬운 이별을 해야 하니까요. 눈앞에 앙상하게 서 있는 두 그루의 나무를 바라보며 아낌없이 생각하고 아낌없이 경험하고 아낌없이 그리워해야 합니다. 곧 내 앞에 다가온 것들과

마지막 인사를 해야 하니까요.

옥색에 가까운 시월의 물빛은 찰랑거리며 햇살에 반짝거리고, 시월의 파도는 첫눈처럼 하얗게 밀려왔다 쓸려갑니다. 방금 멀리서 낙화한 주홍빛으로 곱게 물든 단풍잎을 보니 애틋함이 밀려듭니다. 스물에서 서른 즈음에 활화산처럼 타올랐던 불같은 애정, 그것을 선물했던 분, 아침 햇살처럼 환했던 그분이 떠오릅니다. 미소 지으며 나직하게 내 이름을 부르던 분, 포장마차에서 잔치국수를 먹으며 함께 미래를 설계했던 분이었습니다. 나를 아프게 하기도 했지만 나를 더 많이 기쁘게 했던 분입니다. 유독 그분이 그리운 이유는 시월에 이별을 했기 때문인지도 모르겠습니다.

수십 번의 가을이 지나갔지만 여전히 가을앓이는 계속되고 있습니다. 숱한 만남과 이별 속에서 그리움은 여전히 처형되지 않고 10월의 마지막 밤, 11월의 마지막 밤, 12월의 마지막 밤을 향해 줄달음치고 있습니다. 어쩌면 마지막으로 눈감는 그날이 와야 이 치명적인 그리움이 멈추게 될 것 같습니다. 여전히 현재 진행형으로 곁에 머무는 뜻 모를 그리움을 안고 경포대 바닷가를 헤집고 다닙니다. 차가워진 물보라에 뺨을 적시며 바닷길을 걸었습니다. '쏴아' 하는 파도 소리가 먼 데서부터 너울거립니다. 하얀 물보라가 붉은 소나무 사이를 걸어 다닙니다. 시간에 쫓긴 듯한 무리의 관광객들이 성큼성큼 지나갑니다. 침묵으로 말 상대를 해주는 바다, 지친 몸과 마음을 보듬어주는 소나무숲길, 이따금 정신 차리라고 뺨을 찰싹 때리는 바닷바람. 그런 식으로 바다는 나에게 '잘 살고 있는지'를 되묻고 있습니다. 가끔씩 눈부신 가을볕으로 전신을 어루만지며 의연하게 작가의 길을 가고 있는 나에게 따뜻한 응원을 해줍니다. 두려움과 도전 사이에서 휘청거리는 나를 붉은 햇빛으로 감싸 안으며 뭉클한 위로를 합니다.

경포 바닷가를 거닐고 있는데 비가 내립니다. 아마도 가을비인 것 같습니다. 서늘한 빗줄기가 가을을 데려다 주고서 총총걸음으로 떠나가는 이 고즈넉한 밤. 당신과 마주 앉아 뜨거운 커피를 마실 수 있다면 고독이 소리 없이 녹아내릴 것 같습니다. 이 편지

가 당신에게 닿을지 모르겠지만 아니, 당신에게 닿기를 바랍니다. 여행할 때마다 느끼는 것이지만 혼자일 때 존재의 쓸쓸함은 처절합니다. 시월의 밤이 유독 쓸쓸하기에 이렇게 편지를 쓰게 만드는지도 모르겠습니다. 수많은 언어의 파편들을 주워 모아 의미 있는 글을 쓰기 위한 몸부림, 무엇인가 뭉클함을 주는 글을 쓰고 싶지만 키보드만 보면 아득해지고 먹먹합니다. 무엇을 얻고 무엇을 잃었는지도 모르고 살아온 듯합니다. 지나온 시간, 목적 있는 삶을 살아온 것인지 밤이 새도록 고민해 보아도 여전히 모르겠습니다.

어둠이 떠오르는 햇살 한 줌에 소진해 버리듯 밤새 그렇게 토해낸 진실한 언어, 치열하게 살아내는 생의 몸부림을 글 몇 줄로 변명하기는 참으로 힘이 든다는 것을 글을 쓸수록 느낍니다. 가면과 헛된 욕망을 삭제 버튼 하나로 없앨 수 있다면 한 겹 한 겹 진실로 쌓아가는 글을 쓸 수 있을 것 같습니다. 인고의 경험으로 쌓아올린 성실의 글을 쓸 수 있을 것 같은데 아직은 멀기만 합니다. 그럼에도 성실하게 꾸준히 써나갈 것입니다. 비릿한 바다 향을 맡으며 삶에 지친 육신을 달래고, 헝클어진 과거를 바다에 훌훌 털어내기 위해 맛보지 않은 술도 한잔 하렵니다. 하늘의 별을 보며 당신을 생각하는 사이에 어둠이 동해 바다에 풍덩 빠졌습니다. 한낮에 밀어를 나누던 괭이갈매기도 쉴 곳을 찾아 날아갑니다. 바다 건너 따스한 불빛들이 하나둘 켜진 집에서는 사람 냄새가 납니다. 따뜻하게, 환하게, 편하게 이곳까지 느껴집니다. 이제 나도 쉴 곳을 찾아 잠을 청하렵니다. 당신에게 편지를 쓰는 오늘은 더 편하게 깊은 잠을 잘 수 있을 것 같습니다. 다음 소식 전할 때까지 그리운 당신도 편안히 지내시길 바랍니다.

안부가 그리운 사람

가로수 길을 걷다가
우연히 당신을 닮은 사람을 만났습니다.
그 사람을 본 순간 나도 모르게 발걸음이 멈추고 말았습니다.
분명 당신이 아닌데 심장이 쿵쿵 소리를 내며 눈에는 눈물이 고였습니다.
금방이라도 두 볼을 타고 흘러내릴 것 같아
나도 모르게 손등으로 눈물을 훔치며 하늘을 올려다보았습니다.
동그란 당신의 얼굴이 하늘을 가득 채웁니다.
내 안에 자리한 과거의 당신이 현재의 당신을 부르고 있습니다.

당신이 죽도록 그립습니다.
해바라기 같은 당신의 환한 미소, 당신의 따스한 손길,
당신의 하늘같이 넓은 포근한 마음이 미치도록 그립습니다.
당신이 떠난 빈자리가 이렇게 클 줄은 정말 몰랐습니다.
내 안에 자리한 당신이라는
푸르른 나무가 가끔씩 흔들릴 때는 힘이 듭니다.
당신이 보고 싶어, 당신이 그리워 견디기가 힘이 듭니다.

내 심장 한쪽을 마비시킨 당신,
서로에게 꽃 물들다가 서로를 위해 꽃등이 되었던 우리,
가는 길마다 꽃길로 시간을 밝혀주던 당신이 그립습니다.
간절함은 화석이 되어 단단한 그리움으로 남았습니다.
오늘도 느닷없이 당신이 그리워 우두커니 길 한가운데 서 있습니다.
같은 하늘 아래 산다는 것만으로도 위로가 되지만
단 한 번 우연이라도 마주칠 수 있다면 참 좋겠습니다.
내가 사랑하고 나를 사랑하던 당신이 오늘따라 무척 그립습니다.
이렇게 간절함을 담아 바람에게 안부를 전합니다.
당신 잘 계시냐고, 참 많이 그립다고, 오래오래 건강하시라고.

견딜 수 있는 것들이 견딜 수 없게 하고
견딜 수 없는 것들이 견디게 하네

내게 가치 있는 것은 나무에서 사과가 떨어지듯 '툭' 떨어지는 것도 아니고 땅에서 새싹 돋듯 '불쑥' 솟는 것이 아니었어요. 문 열어두고 가만히 앉아 기다려도 오지 않았어요. 자발적으로 방향을 제대로 찾아 부지런히 움직이고 보살피며 소유하려는 간절한 마음이 하늘에 닿아야 했어요. 음악가 베토벤을 보더라도 한평생을 가난과 실연, 병에 시달리며 살았죠. 베토벤의 아버지는 테너 가수였지만 4살 때부터 음악공부를 강요하며 어린 베토벤을 밥벌이의 도구로 삼았어요. 어린 시절 베토벤은 우울하고 고통스럽게 지냈죠. 그러다가 17세에 어머니를 잃었고 28세에 청각을 잃는 비참한 운명을 맞다가 서른 초반에 죽을 결심도 하지만 다시 일어나 악착같이 생을 붙잡죠. 그는 원하는 것을 얻기 위해 귀가 들리지 않음에도 작곡에 몰두하죠. 그 결과 대표작이라 할 수 있는 교향곡 제3번 '영웅', 피아노 협주곡 제5번 '운명'을 탄생시켜요. 그의 마지막 작품이자 가장 유명한 교향곡 제9번 '합창'

을 빈에서 지휘했을 때 관중들은 일어나 아낌없이 박수를 쳐 주었죠. 청력을 완전히 잃은 베토벤은 들을 수가 없었어요. 그러나 단원 중 한 사람이 베토벤의 몸을 돌려 관중석을 향하게 했을 때 비로소 성공을 거둔 것을 알고 눈물을 흘렸죠. 베토벤은 암흑 같은 시련을 꿋꿋하게 이겨냈어요. 그래서 가치 있는 작품이 탄생되었죠.

괴테가 말했죠. '눈물을 흘리면서 빵을 먹어보지 못한 사람은 인생의 참맛을 알 수 없다.' 그래요. 가치 있는 것을 얻기 위한 과정에는 수많은 고난과 장애물이 놓여 있어요. 그럼에도 포기하지 말고 도전하면서 장애물을 하나씩 걷어내야 해요. 하늘을 바라보며 치솟는 대나무를 보더라도 높이 오르기 위해 애를 쓰잖아요. 스스로 가벼워지기 위해 속을 비우잖아요. 사과나무를 보더라도 처음에는 생육 활동을 열심히 해서 하얗게 꽃향기를 피우며 주렁주렁 사과를 가득 안죠. 그러나 겨울이 오면 사과와 잎을 다 내어주고 나목으로 혹독한 추위를 견디잖아요. 인생도 마찬가지예요. 가치 있는 무언가를 얻기 위해서는 봄, 여름, 가을, 겨울을 순응하

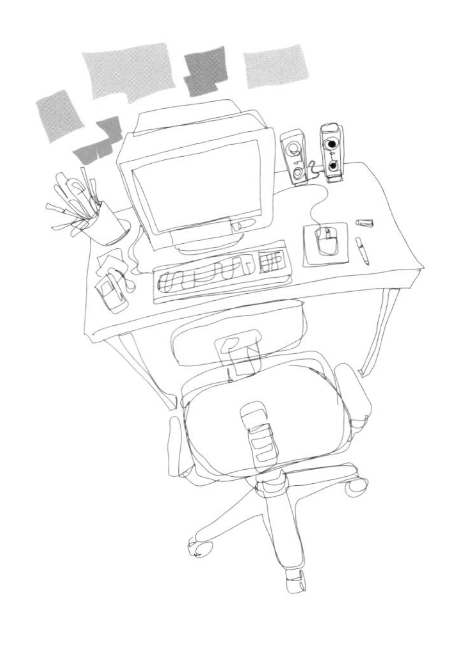

며 견뎌야 해요. 따스함도 누리고 혹독한 더위도, 상쾌한 바람도, 잔인한 추위도 견뎌야 해요. 가끔 견딜 수 있는 것들이 견딜 수 없게 하고 견딜 수 없는 것들이 나를 견디라 하죠. 그것이 생의 섭리이고 합의인 것 같아요.

물론 혹독한 고통은 쓰죠. 지나고 나면 달아요. 그러니까 원하는 것이 있다면 그것이 있는 방향으로 몸을 움직이며 정성을 다해야죠. 간절히 원하고 열심히 일했다고 해서 한 번에 영광을 안지 못할 때도 있어요. 그러나 정말 열심히 했고 일하면서도 즐거웠다면 마음은 뿌듯하잖아요. 아마도 다음에 도전할 때는 더 신중하고 더 몰입하여 더 나은 결과를 안게 될 거예요. 원하는 것을 간절히 바라면서 정성을 다해야 가치 있는 것은 나를 향해 달려올 테니까요. 과거를 회상하면 어릴 적에 난 책 읽기를 좋아했어요. 부모 곁을 떠나 객지 생활을 하면서 사고 싶은 책을 맘대로 사지 못했어요. 주말이면 자주 도서관이나 서점을 찾았죠. 모퉁이에 기대앉아 읽다가 또 메모해 두고는 주말에 다시 가서 그 책을 끝까지 읽곤 했어요. 대학에 들어가서도 책이 읽고 싶어 교수 연구실 조교로 들어갔어요. 한번은 두툼한 셰익스피어 전집이 갖고 싶어 서점에서 수십 번을 만지작거리기만 하다가 결국은 지도 교수에게 책을 빌려 여름방학 내내 읽은 적도 있어요. 작가로 살고 있는 지금도 갖고 싶거나 읽고 싶은 책은 중고서점을 뒤적여서라도 찾아내어 구입하죠. 작가로 살고 있는 내게 가장 가치 있는 일은 글을 쓰며 공감을 얻어내는 것이니까요. 그것이 생을 다하는 날까지 나의 사명이에요.

나에게 온 책은 나를 만나는 순간 나와 함께 나이가 들어가며 내 호흡기, 내 시야를 기쁘게 하기도, 아프게 하기도 하죠. 방바닥에 널브러져 있는 학창 시절 지도 교수님이 선물해준 책, 연구실 교수님이 빌려준 책, 크리스마스 때 선물 받은 책, 지인이 준 책, 소녀가 선물한 책 등이 눈앞에 있어요. 책을 펼치면 여백마다 지도 교수의 강의를 놓치지 않기 위해 깨알같이 써놓은 스무 살의 내가 지금의 나와 뒤엉키죠. 책의 제목만 보더라도 어디서 어떻게 나에게 왔는지 생생하게 떠올라요. 비록 서툴고 가난했지만 행복의 무게를 저울로는 달 수 없을 만큼 만족을 느꼈던 꿈 많은 청춘이죠. 그때 그 시절은 강물에 떠오른 붉은 꽃잎이 되어 나를 아프게도 하고 기쁘게도 하죠. 그러나 분명한 것은 과거의 그 책들이 현재 나에게 밥을 먹여주고 갖고 싶은 것을 사게 해준다는 사실이

에요. 현재의 나를 있게 해준 고마운 그 책들은 무엇과도 바꿀 수 없는 소중한 보물이에요.

서른 즈음 홍대 근처 프리마켓에서 단돈 천 원을 주고 구입한 루이제 린저의 『생의 한가운데』는 지치고 흔들릴 때마다 꺼내서 읽죠. 자주 손이 간다는 것은 힐링이 되는 책이라는 거죠. 그 때 그 순간이 얼마나 힘들었으면 곳곳에 눈물 번짐 자국이 보일까요. 돌아보면 아프고 방황했던 그 시절 나의 정체성을 찾게 해준 것은 책이었어요. 스스로에게 감동을 줄만큼 끝까지 파고들었으니까요. 스스로를 감동시킬 만큼 최선을 다해 살아본 사람은 알죠. 나에게 감동을 주는 것은 무엇인지, 나를 춤추게 하는 것은 무

엇인지. 그걸 알게 되면 대단하지 않더라도 몰입하게 되니까요. 몰입 속에 새로운 발견이 있으니까요. 새로운 발견은 곧 꿈의 창조이고 자신감이 높아지거든요. 자신감이 생기면 자존감은 또 무럭무럭 자라잖아요. 그러니까 가치 있는 것을 얻게 되면 보이는 것이 아니라 느껴지는 거예요. 몸으로 마음으로 느껴지거든요. 다른 사람은 몰라도 본인은 알죠. 그 느낌이 어떤 것인가를. 그것을 발견하면 저절로 눈물이 나요. 감동의 눈물이 나요.

가치 있는 것을 위해 고민하고 방황하고 흔들리고 일탈하는 것이 반드시 길을 잃는 것은 아니에요. 지나고 보면 가치를 발견하기 위해 반드시 거쳐야 하는 행복한 모험이에요. 나에게 가치 있는 것을 얻기 위한 도구, 즉 힘은 책이었어요. 힘들고 지칠 때마다 책을 펼치면 평화가 스며요. 지금 역시 책을 가까이 하지만 책을 읽는다기보다는 책을 통해 현재의 어려움을 꿋꿋이 견뎌내기 위해서예요. 지금 내가 간절히 바라는 가치 있는 것을 발견하기 위해서예요. 책 속에는 작가의 값진 고통이 녹아있기에 간접 경험

을 하게 되죠. 그래서 책은 그들의 삶이기도 하지만 언젠가 다가올 나의 삶이기도 하죠. 책을 쓴 사람, 그 책을 읽는 사람의 역사박물관이 되는 것이 책이에요. 부지런히 움직이고 몰입하면 가치 있는 것을 얻게 돼요. 사명을 가지고 현재를 가장 바쁘게 살아야 해요. 그러면 오래지 않아 가치 있는 것을 많이 얻게 되고 편안하고 여유로운 시간을 누리게 된다는 것이에요.

좋은 사람을 가졌는가

좋은 사람을 생각할 때마다 사상가이자, 작가, 사회운동가였던 함석헌의 시 '그대 그런 사람을 가졌는가'를 생각하게 돼요. 시에 보면 이런 말이 나옵니다.

'만 리 길 나서는 길 / 처자를 내맡기며 / 맘 놓고 갈 만한 사람 / 그 사람을 그대는 가졌는가 / 온 세상 다 나를 버려 / 마음이 외로울 때에도 '너뿐이야' 하고 믿어주는 / 그 사람을 그대는 가졌는가'

이 시를 처음 대했을 때 가장 먼저 떠오른 것은 나에게도 그런 사람이 있는지를 생각해 보는 것이었어요. 애써 찾아봐도 자신 있게 '있다'고 말하기가 망설여졌어요. 그러다 보니 살아온 시간이 헛헛하고, 가깝다고 생각했던 사람들마저 거리감을 두게 되더라고요. 나는 또 누군가에게 '그런 사람'인가를 생각해 보니 마찬가지로 쓸쓸함이 밀려들었어요. 나 그리고 누군가가 지쳐있을 때 힘을 주고 힘들게 내민 손을 덥석 잡아주는 사람, 언제나 내 편, 그의 편이 되어 주는 사람이 한 명이라도 있다면 잘 살아온 생이 아닐까 해요.

그렇다면 함석헌 작가가 말하는 그런 사람이란 도대체 어떤 사람일까요? 한 마디로 은인 내지는 귀인, 아이들이 흔히 말하는 키다리 아저씨쯤 되겠죠. 더 깊이 들어가면 바른 길을 가도록 이끌어주고, 허물을 덮어주고, 유혹에 빠졌을 때 안타까워하며 손을 잡아 끌어당겨주는 사람이겠죠. 어쨌든 그런 생의 귀인을 만난다는 것은 아주 큰 축복이에요. 그런 사람을 가졌다는 건 최고의 행운이죠. 살면서 이름 세 글자를 알리며 대단한 재산을 모으지는 못해도 아픔을 함께 나누고 곁에서 힘이 되어주는 사람이 있다면 잘 살아온 거예요.

그런 사람은 좋을 때 한두 번 만나 밥 먹는 사이가 아니에요. 힘들 때나 아플 때, 많이 가졌을 때나 텅 비어 있을 때, 곁에 있어 위로가 되는 사람이에요. 든든한 배경이 되어 주고, 그늘이 되고, 우산이 되어 주는 사람이에요. 때로는 가족 이상으로 마음과 마음이 교차하는 사람이에요. 내가 무엇을 생각하고 그는 또 무엇을 바라는지, 서로의 마음을 읽어 그에 맞는 행동이 나오는 사람이에요. 물론 그런 사람이 곁에 있으려면 내가 먼저 그런 사람이 되도록 애써야죠. 그런 사람을 갖는 것도 그만한 자격이 필요하겠죠. 나는 조금도 다른 사람에게 그런 사람이 되지 못하면서 무작정 그런 사람을 바란다면 헛된 욕심이겠죠. 그런 사람이 필요하다면 내가 먼저 누군가를 위해서 그런 사람이 되어야 공평한 거잖아요. 그런 사람이 나에게 오기를 기다리지 말고 내가 먼저 그런 사람이 되도록 노력해야죠. 내가 먼저 자격을 갖추어야죠. 자격을 갖추면 누가 먼저랄 것 없이 기쁘게 손 내밀게 될 테니까요.

그런 사람과 좋은 관계를 오래도록 유지하기 위해서는 적당한 간격이 필요해요. 유대인의 경전 『탈무드』에 보면 이런 말이 있어요. "친구는 석탄과 같은 것이다." 불타고 있는 석탄에 닿으면 화

상을 입잖아요. 그러니까 가까운 관계일수록 적당한 거리를 두라는 뜻이죠. 아름다운 숲에 가면 수많은 나무가 있지만 서로에게 피해를 입히지 않기 위해 적당히 거리를 두고 성장하잖아요. 아무리 좋은 사람이라 해도 불편해지도록 몰입하거나 부담스러울 정도로 집착하면 문제가 생기는 거죠. 그러니까 살아가는 모든 것은 아무리 가깝더라도 적당한 간격을 유지하며 관계를 공유해야죠.

옛말에 보면 '질투는 천 개의 눈을 가지고 있다'고 했어요. 집착과 지나친 몰입은 또 다른 질투를 불러일으킬 수가 있으니까요. 사람과의 관계는 절제와 중용이 반드시 필요해요. 또 세상이 아무리 바뀌었다 해도 생의 근본, 진리는 변하지 않으니까요. 개울물이 시냇물이 되고 시냇물이 강물이 되어 큰 바다가 되는 것은 예나 지금이나 같잖아요. 처음부터 바다를 단번에 만들 수는 없으니까요. 사람이 하는 모든 일은 순서가 있어요. 일 초가 일 분이 되고 일 분이 모이고 모여 한 시간이 되고, 한 달이 되고, 일 년이 되고 그렇게 하여 우리는 한평생을 살아가죠.

소중한 하나를 얻는 것이 얼마나 힘든가를 누군가는 이렇게 표현했어요. '0에서 1까지의 거리가 1에서 천까지의 거리보다 멀다.' 다시 말해 처음 한 걸음 시작하는 것이 두렵고 힘든 거예요. 무엇이든 시작을 하지 않으면 천이 아니라 하나도 가질 수가 없잖아요. 하나를 갖기 위해서는 아무리 힘들어도 견뎌 이겨내야 하나가 만들어지니까요. 인내하고 노력해서 하나를 만들고 나면 자신감이 생겨 그 뒤에는 더 많은 것을 만들 수가 있잖아요. 일이든, 좋은 사람이든, 아무것도 없는 것에서 내 것에 가까운, 나와 친밀한 하나를 만들어내는 것이 중요해요. '0에서 하나를 만들어내는 것이 하나에서 천 개를 만들어내는 것보다 어렵다'는 것을 아는 사람만이 가장 소중한 하나를 만들 수가 있으니까요.

누군가는 마음을 터놓고 이야기할 수 있는 친구 세 명을 가졌으면 성공한 인생이라고 했어요. 가끔 누군가에, 무엇에 부딪혀 몸과 마음이 산산이 부서져 내려 아무리 몸부림쳐도 마음을 다잡지 못할 때 마음이 향하는 그곳으로 가서 부둥켜안고 소리 내어 함께 울 수 있는 그런 사람이 필요하죠. 그러나 휴대폰에 수백 명이 저장되어 있어도 당장 힘들 때 내 마음을 털어놓을 사람, 묵묵히 들으며 등을 토닥여 줄 사람이 없다면 쓸쓸한 거죠. 그럼에도 좋은 사람이 없다는 건 좋은 사람이 되도록 기회를 얻는 거예요. 그러니까 지금부터 노력해야죠. 좋은 사람이 내게 올 때까지 기다리지 말고 내가 먼저 좋은 사람이 되도록 노력해야죠. 내가 나를 더 소중한 사람, 귀한 사람으로 만들어야죠. 어느 날 누군가 나에게 '그대 그 사람을 가졌는가?'라고 다시 물으면 당당히, 자신 있게 '그렇다'고 말할 수 있게 내가 먼저 노력해야죠. 좋은 사람이 될 수 있게.

후회는 눈물을 모으고
눈물은 겸손을 가르치고

서해 바다로 가는 버스에 몸을 실었어요. 도전과 모험 그리고 실패의 추억이 담긴 청춘과 이별하기 위해서죠. 사무치게 아픈 청춘이라 마지막 이별은 시리도록 슬펐어요. 누군가 나이는 숫자에 불과하다지만 분명히 나이는 굴레였어요. 함부로 꿈꿀 수 없는 중년의 열차에 탑승해야 하니까요. 억울하기도 했죠. 그러나 청춘의 웃음, 눈물, 기쁨, 슬픔을 고스란히 서해 바다에 흘려보냈어요. 갈피를 못 잡아 더 흔들리고 방황하던 아픈 청춘이 그렇게 흘러갔죠. 더 이상의 모험도, 오기도 용납이 안 되는 굴욕도 참아내야 하는 미래의 세목들이 우두커니 나를 바라보고 있네요.

생이라는 것이 가까이서 보기보다는 한 걸음 물러나서 바라보니 선명해지네요. 생의 이정표가 정확한 자리에 올바르게 세워졌는지, 넘어지지 않도록 단단히 고정이 되었는지 정확히 보이네요. 선명하게 타인들의 생의 세목과 함께 보이네요. 비교가 되니까 채찍질하고 또 칭찬하며 응원하게 되고요. 스물과 서른의 경계에서 고

무줄놀이를 하며 놀던 소녀가 다시 찾아와 현실과 이상 사이를 넘나들며 사유의 금을 긋고 있어요. 스물, 서른의 포로가 되어 청춘 앓이를 하고 있어요. 어른의 경계를 넘어서지 못하고 서성이는 어른아이. 수십 년 전의 소녀로 돌아가 추억을 소환하여 놀고 있어요.

이럴까, 저럴까 하는 사이 석양이 깔리네요. 생의 모래시계를 되돌릴 수만 있다면 정말 잘살 수 있을 텐데요. 후회와 미련이 비처럼 내리네요. 모여드는 강물 속에서 흔들리며 반짝거려요. 맞은편 밭에서는 잘 자란 푸릇한 배추가 해풍에 나풀거리며 춤을 춥니다. 수확을 앞둔 배추밭은 지상에서 가장 아름다운 풍경이고요. 자연은 수고에 대한 보상이 너무나 정확한 것 같아요. 농부와 배추의 아름다운 합의죠. 그래요. 무엇이든 치열하게 정성을 다해야 끝도 좋은 거죠. 푸른 이파리를 바람에 나부끼며 춤을 추는 배추가 긍정의 표현으로 살랑거립니다.

간절한 것을 이루기 위해서는 확신, 정성, 그리고 든든한 밭이 하나가 되어야 하겠죠. 다짐에 또 다짐을 하는 사이, 미래에 대한 두려움이 사라졌을까, 확신이 생겼을까, 입가에 미소가 번집니다. 그리고 무엇인가를 펼쳐 놓아주고 있어요. 무언가를 흘려보내고 있어요. 떠나기 싫은 듯 아픈 청춘의 잔해들이 마지막 인사라도 하듯 허공 위로 날며 춤을 춥니다. 상처를 안으면서도 강렬하게 비상을 꿈꿨던 청춘이 서서히 떠나갑니다.

그렇게 반성과 성찰, 뭉클한 위로 한 줌을 안고 돌아오는 길에 남해안 작은 섬에 도착했어요. 환한 불빛에 맞춰 은빛 멸치들이 이리 뛰고 저리 뛰며 춤을 춥니다. 한여름 밤 환한 불빛을 향해 모여드는 멸치 떼가 군락을 이루네요. 그물망에 갇히기를 숨죽이며 지켜보는 어부의 기다림이 간절하고요. 아내를 잃고 세 아이와 먹고살기 위해 멸치잡이를 시작했다는 어부에게 어떤 멸치도 소중하지 않은 게 없을 테지만, 어부는 바다를 품고 고기떼와 오랫동안 호흡해서 그런지 행동 하나가 조심스럽습니다. 어망에 고기가 가득하면 가득한 대로 부족하면 부족한 대로 내일을 기약하죠. 어부는 하늘이 허락한 시간에 따라 목숨을 바다에 맡기며 욕심내지

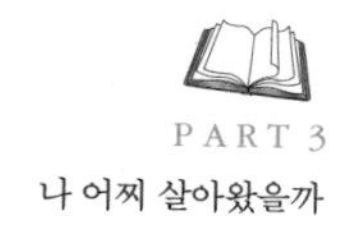

않고 정직한 마음으로 고기를 잡습니다. 허황된 욕망도 두려움도 모두 내려놓고 자신을 믿으며 멸치 잡는 일에만 몰입하네요.

오래도록 바다를 지키며 살아온 어부의 행동은 바다 낚시하러 온 강태공처럼 편안해 보입니다. 가끔 외로움이 깊으면 뭍으로 외출을 나간다고 해요. 섬에서 구할 수 없는 것들을 사기 위해, 아니 꼭 필요한 것이 없더라도 뭍으로 나간다고 해요. 외롭기 때문에, 사람이 그리워, 사람 구경하기 위해 나간다고 해요. 그곳에 사는 어부들은 물이 부족하면 빗물을 받아 쓰고 공동 우물에서 물을 길어다 먹어도 투정을 부리지 않네요. 뭍에서 찾아온 낯선 여행자를 보고서도 이웃처럼 반가운 마음으로 맞아 줍니다. 생선 말린 것, 해초를 내어주며 먹어보라고 권하는데 마음이 너무 편안했어요. 그렇게 먹고 대화하며 여행자도 어부도 위로하며 위로 받으니까 마음이 뭉클해지네요. 외로움도 나누면 새털처럼 가벼워지는 걸까요. 불안해서 중심 잡지 못하던 마음이 한 줌의 위로로 평온을 찾았어요.

이렇게 모든 것은 흐르는 듯 흐르지 않는 듯하면서 흘러가죠. 외로움도, 풀리지 않던 고민도 잡고 싶은 욕망도 흐르면서 풀어집니다. 이렇게 살아도, 저렇게 살아도 후회는 하겠지만 막 떠난 욕망, 너무나 간절해서 놓고 싶지 않았던 그 욕망이 단숨에 날아올라 별이 된 듯 반짝이네요. 떠나보낼 것 미련 없이 보냈으니 다시 돌아가야 하는데 발길이 쉽게 떨어지지 않네요. 그럼에도 용기를 얻죠. '일 년이면 삼백 일을 운다'는 바다의 거친 바람을 안고 살아가는 어부에게서 위로를 얻죠. 그 치열한 일상을 지켜보며 잘 살아야겠다는 다짐을 하죠. 세상의 모든 여행자들은 소녀든, 소년이든, 철든 어른이든, 철이 들지 않은 어른이든, 낯선 곳에서의 작은 경험에서 깨우침을 얻으니까요. 어부에게서도 느꼈지만 내밀한 생의 모습은 달라도 어디에 살든 무슨 일을 하든 욕심내지 않고 꿋꿋한 신념으로 자신이 하는 일에 몰입하며 사는 사람에겐 좋은 향기가 나죠. 어머니의 품속 같은 바다와 정직한 어부에게서 따뜻함과 넉넉함을 배우죠. 어부의 고달픈 하루가 느릿느릿 저물 때에 바다는 하루의 고단함을 물에 수장하듯 힘껏 끌어안고요. 어부는 바다의 배경이 되고 바다는 어부의 배경이 되어 먹을 것을 주고 외로움을 줄이며 서로에게 기대죠.

어부와 바다를 뒤로하고 서울에 도착하니 차디찬 어둠이 내려요. 퇴근하는 지친 발걸음들이 하나둘 집으로 향하고요. 아파트 창가에는 퇴근을 기다리는 가족의 따뜻한 마음이 전등처럼 밝혀져요. 시간이 비껴가는 곳, 빌딩 숲 속에 자리 잡은 포장마차. 자리 잡은 지 40년, 오늘따라 포장마차 안에는 빈자리가 없네요. 손님이 많아도 손님이 뜸해도 무뚝뚝한 웃음으로 뜨끈한 어묵 국물을 내어주는 할머니의 거친 손등은 좀 전에 헤어진 어부의 주름진 구릿빛 얼굴을 마주 대한 듯 울컥해져요. 10년째 찾아오는 단골손님을 보고 마음을 읽은 듯 김이 모락모락 나는 가락국수를 내놓습니다. 진한 육수 냄새가 코끝을 자극하고 시간은 목적지를 향해 쉬지 않고 줄달음칩니다. 포장마차 안에서는 부딪치는 술잔 따라 숱한 사연이 외로운 듯 튕겨져 나옵니다. 시간을 헤집고 서러운 듯 울고 있는 아픈 기억들이 가슴속으로 파고듭니다.

그래요. 오늘만큼은 경쟁도, 다툼도, 희망도, 절망도 다 내려놓습니다. 겨울나무처럼 마음을 비우고 외로운 것들과 함께 취하도록 마셔보려고요. 취해서 비틀거리면 어떻고, 취하지 않으면 어떤가요. 이래도 저래도 한 번뿐인 생인데요. 이제는 울고 싶으면 울 거예요. 울지 않으니까, 화내지 않으니까, 눈물이 까만 덩어리가 되어 터져 나와 아팠나 봐요. 후회할까 봐 두려워할까 봐 화난 감정덩어리를 가슴에 꼭꼭 숨겨두었으니까 아픈 거죠. 생각보다 짧은 인생, 기쁘다고, 슬프다고, 화난다고, 그래서 술 마시러 왔다고 말하며 살려고요. 그저 홀로 튕겨져 나온 설운 것들을 힘껏 껴안아 보려고요. 그런데 이상해요. 취하고 싶은데 마셔도 취하지 않아요. 세상이 똑바로 보여요. 술잔에 배인 생의 독 향기 때문인지 주르르 눈물만 흐르네요. 졸음이 와 눈을 비비면서도 현관문을 바라보며 하염없이 엄마를 기다리고 있을 소녀의 얼굴이 떠오르네요. 30년 전 메케한 연탄가스를 맡으며 연탄을 갈던 엄마의 얼굴도 떠오르고요. 곤지곤지 잼잼을 외치며 나를 기쁘게 해주던 어릴 적 소녀의 모습도 아른거리고 하루에도 수십 번 상을 차려 손에

물 마른 적이 없던 주름진 엄마의 손도 보여요. 소녀에 대한 미안한 마음, 희생과 헌신을 하면서도 웃으시며 숙명이라고 말씀하시던 엄마의 얼굴이 겹쳐지니 시간이 멈추네요. 그냥 하염없이 눈물만 흐르네요. 그래요. 늘 한걸음 늦게 찾아오는 후회는 눈물을 모으고 눈물은 이렇게 겸손을 가르치네요.

생, 고단한 의식 같은 것

사막의 햇살처럼 살갗을 태울 것 같던 공포의 여름 볕도, 귀청을 뚫을 듯 울어대던 죽음의 매미소리도 사라지고 말았네요. 황금들판에는 벼가 고개 숙인 채로 바람의 춤사위에 따라 물결 춤을 추고 있어요. 도심의 노란 옷을 입은 은행나무는 곧 붉은 옷을 갈아입을 준비를 하네요. 클럽댄스 음악보다도 쇼팽이나 브람스의 교향곡이 어울리는 가을이 도착했네요. 가을에 약한 내 몸 역시 계절을 기억하기에 양말과 양털조끼로 몸단장을 했어요. 가을바람만 맞으면 각질이 하얗게 일어나고 피부가 트고 누구에게 두들겨 맞은 듯 뼈가 욱신거리고 시립니다. 이 나이가 되도록 여태껏 보약 한 번을 먹어보지 못했어요. 밥만 열심히 챙겨먹으면 그게 보약인 줄 알고 살았어요.

최근 마감 원고가 늦어져 밤늦도록 컴퓨터 앞에 앉아 무리한 탓에 눈에 실핏줄이 터졌어요. 그저 일시적인 충혈이라 생각하고 약국에 가서 안약을 사서 이틀을 열심히 넣었지만 낫지 않아 안과에 갔더니 실핏줄이 터졌다고 해요. 일시적인 과도한 스트레스와 높은 안압이 원인이라 했어요. 다시 말해 육체적, 정신적으로 과부화가 생겨 그것이 눈으로 집약되어 터진 것이죠. “나이는 못 속인다”는 옛말이 떠올랐어요. 아마도 밀린 원고가 아니었으면 병원 공포증이 있는 나에겐 시간이 걸려도 혼자 견뎌 이겨냈을 거예요.

그러나 이번만큼은 그럴 처지가 아니에요. 신뢰를 가장 중요하게 생각하는 나에게 약속에 대한 실천은 무엇보다도 중요하기 때문이죠. 작년부터 몸에 이상 신호가 자주 왔던 터라 전혀 경험하지 못했던 기분 나쁜 통증이 가끔씩 나를 두렵게 하네요. 미루다가 더 큰 고통에 빠져들까 봐 병원으로 달려갔죠. 의사 선생님이 웃으며 툭 던지는 한마디의 말씀, “마음이 기억하지 못하는 나이라도 몸은 기억하거든요.” 이제는 몸이 망가지고 있다는 것이죠. 이제는 아플 나이가 되었다는 사실을 인정하니까 더 우울해지고 답답해서 견딜 수가 없었죠. “일주일간 쉬라”는 의사의 한마디는 일주일을 쉬지 않으면 큰일이 날 수도 있다는 무서운 경고처럼 들렸으니까요. 쉬기로 작정하고 밀린 원고를 매몰차게 밀어내고 강변을 산책했죠. 강변 산책로 곳곳에 피어있는 가을의 전령사 코스모스도 하늘거리며 반갑게 맞아주네요. 코끝에 스미는 비릿한 강 내음도 나쁘지 않았어요. 전업 작가로 사는 나에게 몸의 고통은 정신없이 달려온 내게 '쉼'을 알려주는 경고 같은 거예요. 밤낮을 텍스트를 넘나들며 작업하기 때문에 아플 여유도 없어 눈이 아닌 다른 곳이 아프면 그냥 참고 하기가 일쑤죠. 아마도 아직은 내 보호자는 나이고 여전히 보호해야 할 것들이 있기 때문이죠. 어깨를 짓누르는 책임감, 의무 때문에 쉴 여유가 없어요.

오늘처럼 심하게 몸이 아플 때는 산다는 것이 그저 고단한 의식이란 생각이 들죠. 기댈 수 있는 무엇이 있는 이들이 부럽기도 해요. 든든한 보호 한번 제대로 받지 못하고 영원히 보호자 역할을 하며 살아갈 운명이라 생각하니 서글퍼지죠. 그런 생각이 밀물처럼 덮칠 때는 등에 무거운 짐을 지고 사막을 터벅터벅 걸어가는

낙타가 떠오르죠. 낙타의 생을 닮은 운명이라고나 할까요. 그렇다고 몸이 아프다는 말을 하며 어깨에 기대어 위로 받고 싶은데 선명하게 떠오르는 사람이 없어요. 이 사람은 이래서 안 되고 저 사람은 저래서 불편한 거죠. 아프다는 말을 하면 "그래, 힘들지? 좀 쉬어"라는 말이 듣고 싶은데 "나도 아파. 다 아프면서 사는 거야"라는 말로 돌아올 것 같아서요. 그 말을 듣는 것이 나를 더 슬프게 할 것 같아 아프다는 말을 토해낸 적이 없어요. 여전히 할일이 많이 남아 있기에 아프다는 말은 사치일 뿐이에요. 사방을 둘러보면 수북이 쌓여, 여전히 내 손길을 기다리는 일들이 푸르게 출렁이고 있어요. 또 찾아가 마냥 산책하고 싶은 곳을 마음에 두고도 서성이니까요. 그곳으로 행복한 산책을 하기 위해서는 감내해야죠. 비록 내 삶이 잔혹하도록 고단한 의식이라 생각되더라도 사명이라는 중력으로 꿋꿋이 버텨야죠.

PART 4

나에게 치얼스

나에게 치얼스

가식 없는 반듯한 의지로

하루를 열어가리라.

울퉁불퉁한 길이라도 돌아가지 않고

나를 토닥이며 응원하며

또 쉬어가며 묵묵히 걸어가리라.

백 마디 말보다 한 번 더 따뜻하게

나를 안아주며 칭찬하리라.

행운을 바라지 말고

행복을 염원하면서 몸과 마음을 끊임없이 움직이리라.

누구를 만나든 눈을 맞추고 이야기를 하며
겸손한 마음으로 잔잔한 웃음을 건네리라.

옳고 그름을 잘 헤아려 사악한 일에 휘말리지 않으리라.
나날이 중심을 잡아 깊이 뿌리를 내리는 나무가 되리라.
흔들림 없는 오늘을 살아가리라.

한 뼘씩 깊고 넓게 나의 자리를 차지하며
반듯하고 든든한 내가 되리라.
나에게 치얼스!

아름다운 혼돈 속으로
사뿐사뿐 걸어가면

아, 누가 그 아름다운 날을 가져다줄 것이냐
저 첫사랑의 날을
아, 누가 그 아름다운 때를 돌려줄 것이냐
저 사랑스러운 때를

괴테가 쓴 '첫사랑'에 나오는 문구인데요. 삶에 있어 최고의 발견은 사랑이라는 거죠. 사랑을 한다는 것은 원초적이고 본능이에요. 사랑은 맹목적일 때 가장 순수하고 이성적일 때 가장 이기적이잖아요. 사랑한다는 것은 관심interest을 갖는 것이며, 존중respect하는 것이에요. 릴케는 그의 시 '오월의 편지'에 이렇게 썼어요.

"오월의 하루를 너와 함께 있고 싶다.
오로지 서로에게 사무친 채."

사랑한다는 것은 누구도 끼어들 수 없는 둘만의 호수에 풍덩 빠지는 거예요. 서로에게 침몰되어 푹 젖어 취하는 거예요.

누구에게나 사랑의 꿈의 상자가 있죠. 내 눈높이에 맞는 꿈의 상자를 선택하면 되죠. 많은 사람들이 사랑에 실패하는 이유는 내 꿈의 상자를 향해 달려가는 것이 아니라 세상이 만들어놓은 타인의 꿈의 상자를 좇아가기 때문이에요. 자꾸만 위를, 먼 곳을 바라보지 말고 능력, 취미, 적성, 환경이 비슷한 꿈의 상자를 찾아야 해요. 그래야 서로를 밀어내지 않고 편안하게 끌어당기며 사랑하게 되죠. 사랑도 내 그릇만큼의 몫을 만나야 수평을 이루니까요. 사랑은 시작은 쉽지만 지켜내는 것도 힘들고 빠져나오기도 쉽지 않아요. 사랑하는 동안 천국heaven과 지옥hell의 세계를 넘나들며 최고의 쾌락을 맛보기 때문이에요. 상처를 입고 그 상처가 견딜 수 없을 만큼 자존감에 상처를 입었을 때에야 허우적대며 빠져나오게 되죠.

누구나 사랑을 원하죠. 사랑만이 늦게 아프게 하고 늦게 노화

시키고 삶을 더 긍정적으로 바꾼다는 것을 알기 때문이죠. 만일 누구와도 사랑하지 않는다면 성장도 없을 뿐 아니라 기쁨도 행복도 느끼지 못하고 말라죽을 거예요. 삶의 모든 결핍은 충분히 사랑을 받지 못해서 생기잖아요. 결핍을 풍요로 채우고 싶거든 계산하지 말고 이유를 묻지 말고 마음이 이끄는 대로 사랑해야죠. 사랑만이 모든 아픔과 고통을 치유하는 유일한 약이니까요. 수백 명, 수천 명을 기쁘게 해주는 것보다 사랑하는 단 한 사람을 외롭지 않게 하는 것이 진정한 사랑이니까요.

'나뭇잎은 벌레가 갉아먹고 사람 마음은 사람이 갉아먹는다'는 말이 있어요. 한순간 나에게 칼을 들이댄 사람도 사랑한다는 이유로 용서하게 되죠. 이렇게 사랑은 사람을 들었다, 놓았다, 녹였다, 얼렸다 하잖아요. 사랑은 움직이는 동사로 주변에 머물기 때문에 고통이 찾아와도 누군가 건넨 달콤한 입맞춤 때문에 힘들어도 이겨내죠. 가족의 "수고했어요, 참 잘했어요" 이 한마디가 피곤함을 씻어주고, 용기를 주는 것처럼 살면서 큰 힘이 되는 말은 사랑하

는 사람이 던지는 “사랑해요”라는 말입니다. 플라톤의 『향연』에 보면 ‘운명 같은 인연은 새끼발가락에 보이지 않는 붉은 끈이 묶여 있다’고 했어요. 운명의 인연을 말하죠. 단 한 번 만났을 뿐인데 전신을 젖게 하는 사람을 말하죠. 어쨌든 사랑에 빠지는 순간 밀고 당기기를 거듭하니까요. 달아나고 싶어도 맘대로 안 되는 것은 보이지 않는 끈이 서로의 새끼발가락을 묶고 있기 때문이에요.

보통 사랑을 말할 때 해바라기처럼 사랑하라는 말을 자주 하죠. 해바라기의 전설적인 이야기를 살펴보면 그리스 신화에 나오는 태양의 신, 아폴론을 사랑한 요정 크리티가 사랑을 받아주지 않는 아폴론을 매일 바라보다가 꽃이 되었는데 그 꽃이 해바라기거든요. 해바라기의 꽃말은 영원한 기다림이에요. 해바라기는 해만 바라보며 자라죠. 사랑도 마찬가지예요. 내가 선택한 사람에 대해서는 책임과 정성을 다해야 해요. 한눈팔지 말고 해바라기 같은 마음으로 사랑해야죠. 사랑도 사람의 일이라 최선을 다하고 나면 후회도 미련도 적으니까요. 멋진 사랑을 하고 나면 비록 헤어지더라도 훗날 힘들고 지칠 때마다 새록새록 떠올라 위로가 되죠. 때로는 사랑했던 그 순간들이 위로를 선물하고 살아가는 이유를 만들어 주니까요. 그냥 아름다운 추억이 되도록 진실한 마음으로 정성을 다해야 되는 거죠.

헤르만 헤세의 시 '연가'에 보면 이런 말이 있어요. '나는 꽃이기를 바랐다. 그대가 조용히 걸어와 그대 손으로 나를 붙잡아 그대의 것으로 만들기를.' 사랑도 목숨을 걸만큼 치열하게 미치도록 사랑해야 끝이 있어요. 끝이 해피 엔딩이든 새드 엔딩이든 지나고 나면 다 의미가 있어요. 쾌락으로 욕망으로 끝나는 사랑이 되지 않기 위해서는 겉으로 보이는 그(그녀)뿐 아니라 속에 감춰진 또 다른 그(그녀)까지 사랑해야죠. 한겨울에 붉디붉은 동백꽃을 피워내는 마음으로 정성과 인내로 몰입해야죠. 깊은 그리움으로 몸살을 앓을 정도로 충분히 사랑해야죠. 어떤 사랑을 하든 깨달음은 반드시 있으니까요. 심장을 갉아먹을 만큼 아픈 사랑이든 눈을 지그시 감으면 웃으며 편히 잠들 수 있는 아름다운 사랑이든 잃고 얻는 게 분명히 있어요.

사랑하는 사람과 코발트색 바다를 배경으로 발그랗게 떠오르는 해를 보는 것, 산이 내어준 어깨에 기대어 풀 이불 덮고 누워있는 땅의 흙냄새를 맡는 것도 기쁨이죠. 어둑어둑해지는 저녁, 하얀 뭉게구름 속을 헤집어가며 뉘엿뉘엿 서쪽으로 몸을 숨기는 빛바랜 해를 보는 것도 위안이죠. 사랑이 그런 거죠. 함께 오래도록 누리기 위해서는 배려와 희생으로 눈맞춤을 해야죠. 함께 누릴 때는 누리지 못할 때를 준비하고 함께 누리지 못할 때는 다시 누릴 때를 생각해야죠. 풍요와 결핍, 모두를 안겨주는 것이 사랑이니까요. 아름다운 순례의 길이라는 거죠. 환희와 쾌락, 따뜻한 정성이 담긴 온전한 마음, 헌신적인 배려, 그리고 착한 희생이 사랑의 속성이에요. 때로는 구름을 타고 함께 춤추며 때로는 가시에 찔리더라도 가시밭길을 함께 걸어가야죠. 그 과정을 다 견뎌야 봄꽃이 만발한 꽃길로 들어서는 거죠. 꽃향기에 취해 아름다운 혼돈 속으로 빠지게 되는 거죠. 사뿐사뿐 걸어가는 나, 세상의 주인공이에요. 꼭 껴안아 맘껏 느껴야죠. 사랑하고 사랑받는 기쁨을.

내 집에 푸른 꽃등을 밝히는 그날까지

유키 구라모토의 'second romance'를 들으며 공원을 걷는데 길가에 핀 해바라기가 눈에 들어오네요. 해바라기는 해만 바라보죠. 낮이든 밤이든 해만 바라봐요. 비가 오든 눈이 오든 해만 사랑하죠. 오로지 해만 바라보며 살아가요. 해바라기의 꽃말은 숭배, 의지, 기다림이에요. 해바라기를 생각하다가 오래전에 본 영화, 해바라기를 다시 돌려 보았어요.

영화를 보는 동안 이럴까, 저럴까 흔들리던 마음이 평온을 찾았어요. 심장을 찌르던 대사가 방 안에 떠도네요. "사랑이 별건가, 행복했던 시간 짧은 기억 하나면 충분한 거지. 기억하고 있다면 사랑은 변하지 않아." 이 대사를 내 방식대로 풀어본다면 이렇게 되는 것 같아요. "인생이 별건가, 살다 보면 별일이 생기는 거지. 행복했던 시간, 짧은 기억 하나면 충분한 거지. 기억하고 있다면 나름대로 멋진 인생을 산 거지." 어쨌든 열심히 살지 않고 자신

을 합리화하는 비겁한 변명 따위는 하지 않으려고요. 누군가 "넌 누구냐?"라고 물었을 때 '내가 누구'이고 '무엇을 하고 있다'는 것을 분명하게 증명할 수 있어야죠. 살아온 생이 싸늘하지 않고, 따뜻하도록 울컥하다고 당당히 말해야죠.

그래요. 하나의 목적어, 내 집(희망)을 짓는 데 모든 것을 걸어야죠. 오로지 하나를 향해 나가야죠. 한눈팔지 않고 나의 집(희망)을 가다 보면 또 다른 길을 만나게 되죠. 그 길이 빠른 길이 될 수도, 돌아서 가야 하는 먼 길이 될 수 있겠죠. 내 집(희망)을 반드시 짓기 위해서는 가야죠. 가는 과정에 새로운 좋은 길이 나타나기 전까지는 한길로 쭉 가야죠. 희망이라는 x축과 열정이라는 y축이 정확히 하나로 포개질 때 집(희망)은 어슴푸레하게 보이게 되죠. 내 집(희망)이 반듯하게 지어진 것이 정확히 보일 때까지 중심을 잡고 가야죠.

누구에게나 내 집(희망)은 소중하죠. 다만 쭉 가는 사람, 포기하는 사람에 따라 내 집(희망)이 되거나 남의 집(희망)이 되죠.

내 집에서 편안히 정착하며 즐겁게 살거나 남의 집에서 눈치 보며 이리저리 흔들리며 부유하거나 둘 중에 하나죠. 내 집(희망)이라 해도 노력하는 정도에 따라 일찍 도착하거나 늦게 도착하게 하죠. 아무리 예쁜 신발도 내 발에 맞지 않으면 내가 주인이 될 수 없듯 내 집(희망)을 향해 올인해야죠. 다른 사람의 집(희망)이 아무리 좋아 보여 기웃거려도 내 집(희망)이 될 수 없어요. 늘 다른 사람의 집(희망)에 유혹되지 않게 경계를 해야죠. 그러려면 나에 대한 확신이 있어야 하고 내 집(희망)을 향한 불굴의 의지가 필요해요. 어떤 집을 짓든 단단함이 영혼과 육체에 쇠사슬로 고정되어 있어야 시류에 휩쓸리지 않아요. 또 나에 대한 믿음과 칭찬, 따뜻한 응원이 무엇보다 중요해요. 한평생을 내 집(희망)을 바라보며 나아간다는 것은 고행이니까요. 그러니 사명이 바탕이 된 나에 대한 철저한 약속이 없으면 부질없어요. 다시 말해 기쁠 때나 슬플 때나 행복할 때나 행복하지 않을 때나 변함없이 나를 사랑하고 지지하는 마음이 가득해야죠. 그래야 용기가 생기고 한 걸음 두 걸음 옮기는 발길이 가벼울 테니까요.

내 집(희망)을 짓는 데 있어 자주 안부를 묻고 마음의 대답도 들으며 가야 지루하지 않아요. 짓고 싶은 간절함이 범람해야 용기는 물처럼 고이고 고인 용기는 강을 이루죠. 강이 된 용기는 실패하더라도 다시 시작할 때의 두려움을 밀어내게 돼요. 두려움이 밀려나면 그동안에 나를 괴롭혔던 고통의 페이지도 넘어가죠. 그리고 다시 하얀 빈 종이를 만나게 되죠. 무언가를 새로 채울 수 있는 여백, 오전에 비 오고 오후에 다시 해 뜨듯 다시 집(희망)을 지을 용기가 생기죠. 물론 때로는 초조하게 기다렸던 날이 어제와 다르지 않은 오늘이 되고, 잔뜩 기대를 갖는 희망이 대수롭지 않은 오늘이 되기도 하지만 그럼에도 기다려야죠. 물론 희망이 너무 넘쳐서 감당 못할 때가 있어요. 그럴 때에는 시간의 힘을 빌려야 해요. 아니, 굳이 억지로 시간의 힘을 빌리지 않아도 찾아오니까. 감기에 걸리거나, 실패해서 깊은 좌절에 빠지게 되면 한 걸음도 나아가지 못하고 쉬어야 하니까요.

그러니까 내 집(희망)이라는 것도 내 것이 있고 내 것이 아닌

것이 있어요. 억지로 잡으려 해도 분수에 넘치면 언젠가는 떠나게 되어 있어요. 그것은 시간이 흐르면서 분명해지니까요. 아무리 헛된 희망이 마음을 흐려놓아도 온전하게 마음을 빼앗기지 않으면 제자리로 찾아가게 되죠. 무엇이든 내 것이라면 아무리 밀어내도 떠나지 않을 것이고, 내 것이 아니라면 애써 붙잡아도 언젠가는 떠나니까요. 그때는 시간의 힘이 위대하다는 것을 깨닫죠. 떠나가는 것을 기다리며 지켜보는 동안에 착한 겸손함에 길들여지죠. 내 것, 남의 것이 선명해지는 것도 기다리면 알게 되어 있어요.

모든 것은 때가 있으니까요. 그러니까 나의 기회다 싶으면 미루지 말고 잡아야죠. 아침에 피었다가 저녁에 지는 나팔꽃이든, 100년을 기다렸다가 꽃을 피우는 용설란이든, 4월에 피는 목련이든, 12월에 피는 동백꽃이든 내 것이라 생각되면 붙잡아야 해요. 급하게 서두르지 말고, 남의 시선에 꽂히지 말고 나를 위한 내 집(희망)을 지어야 해요. 힘이 넘칠 때는 빨리, 힘이 부족할 때는 느리게 가면 돼요.

씨앗이 온전한 나무가 되어 척박한 땅에 뿌리를 내려 꽃이 피기까지 최상의 보살핌이 필요하듯, 내 것을 향해 물을 주고, 햇볕을 쏘여가며 정성을 다하면 돼요. 한 그루의 나무로 성장시키기 위해서는 열정을 다해 몰입을 해야죠. 간수가 들어가야 단단해지는 두부처럼 단단해져 부서지지 않기 위해서는 끊임없이 응원하고 칭찬하며 가야 해요. 수시로 나에게 힘을 주는 말을 해야죠. "사랑해, 괜찮아, 잘했어, 하기 싫으면 잠시 쉬어"라는 말을 해야죠. 고통을 잊게 해 주는 응원의 말, 등을 토닥여주는 위로의 말, 아픔을 잊게 해주는 칭찬의 말은 최고의 힘이니까요. 이 세상에서 가장 든든한 내 편은 나 자신이잖아요.

옛말에 '행운은 준비된 사람을 좋아한다'는 말이 있어요. 산다는 것, 내 집(희망)을 짓는 것이 때로는 섬처럼 외롭거나 은하처럼 고독해도 짓고 나면 최고의 기쁨을 안겨주잖아요. 그리스 시인 소포 클래스는 이런 말을 했어요.

"내가 헛되이 보낸 오늘은 어제 죽은 이가 그토록 바라던 내일이다."

그래요. 지쳐 포기하고 싶을 때에는 이 말을 반드시 기억해요. 이 문구를 대할 때에는 가슴이 먹먹해지고 누군가 그토록 간절하게 바라던 오늘을 참 가볍게 여기며 살았다는 생각이 들 테니까요. 그러면서 마음을 다잡게 되잖아요. 내 걸음으로 가요. 뚜벅뚜벅 가요. 지치면 쉬어 가요. 수시로 애쓴다는 말을 하며 토닥이면서 가요. 그러다 보면 어둠이 걷히고 영원히 갇힐 거라 생각했던 세기말 회색빛 터널을 꿋꿋이 지나 예쁜 내 집(희망)에 푸른 꽃등이 밝혀지는 날을 맞이할 테니까요.

지금은 고독이 필요한 시간

책장 정리를 하다가 교직생활 시절 교무수첩이 눈에 들어왔어요. 그것도 이십 대 중반에 담임을 맡아 힘들었던 순간이 메모되어 있었죠. 중간중간에는 습작 시도 적혀 있고 또 아이들을 향한 마음이 담긴 글귀도 보입니다. '아이들이 예쁘다, 고독하다, 인간관계가 어렵다'는 문구가 눈에 밟힙니다. 미루어 짐작컨대 그때 그 시절의 내가 얼마나 아이들을 사랑했고 또 얼마나 인간관계가 힘들어 외로웠던가를 느끼게 합니다. 지금 돌이켜 보아도 가장 힘들었던 것이 인간관계였습니다. 물론 개인생활을 생각할 수 없을 만큼 시간도 빠듯했으니까요. 6시 반에 출근해서 야간 자율학습 끝나 집에 오면 밤 11시가 넘었으니까요. 수십 년이 지난 지금도 고개를 절레절레 흔들 정도이니까요. 그럼에도 아이들과 함께하는 시간은 즐거웠습니다. 고독한 승부, 그것도 열정 하나로 버틴 것이죠.

퇴근을 하고 나면 익숙한 나만의 고독에 빠졌어요. 교무수첩

에 크고 굵직하게 쓰인 '고독'이라는 단어 하나가 그때 그 시절 내 삶의 전부를 말해주니까요. 좌충우돌하던 이십 대 중반에 나는 고독 안에서 삶의 이유를 찾았어요. 내가 마주하는 고독 안에는 말로 다할 수 없는 많은 것들이 포함되어 있죠. 누구나 그렇지만 이십 대 중반에 들어서면 일도 일이지만 평생의 배우자를 선택해야 하는 시기이기도 하기 때문에 늘 두렵고 자신이 없었죠. 그래서 더욱 고독에 빠져들었는지도 몰라요. 뉴에이지 음악을 들으며 글을 쓰는 버릇도 고독 덕분이었어요. 지독하게 고독했기에 아이들에게 더 몰입했는지도 모르죠. 아마도 고독과 연애하며 아이들을 사랑했던 그 열정이 이렇게 밥을 먹고사는 작가로 살게 해준 것이 아닐까 싶어요.

생각해보면 '외로움'과 '고독'은 같은 것 같지만 분명히 다르죠. 모두 혼자라는 의미이지만 '외로움'은 누군가가 곁에 없어 불안하다는 것이고, '고독'은 상대가 없어도 혼자 있는 것이 자유롭고 또 그것을 즐긴다는 거예요. '외로움'은 혼자서는 아무것도 할 수 없지만 '고독'은 혼자 있어도 무언가를 할 수 있어요. '외로움'은 불안, '고독'은 자유라고나 할까요? 다시 말해 '고독'은 굳이 상대가 필요치 않아 잘 다스리면 든든한 내적 성장을 이끌어요. 아마도 나의 예민한 감성이 내밀한 곳에 숨어있기에 여백이 생기면 불쑥불쑥 나타났던 것이 고독이 아니었나 싶어요. 물론 누구나 고독하죠. 그러나 혼자 있는 것을 유난히 좋아했던 나는 좀 더 깊이 고독에 빠져들었던 것 같아요. 함께 어울리고 함께 밥을 먹으며 함께 무언가를 만들어내는 것이 조직생활의 맛인데 난 그 반대였으니까요. 물론 아이들과 함께할 때는 시간 가는 줄 모르고 즐거웠죠. 그러나 교무실로 들어오면 미치도록 고독했으니까요. 마치 나 혼자 투명인간처럼 교무실에 앉아있는 느낌이었어요. 교무실, 교실과 운동장은 시끄러운데, 그 한가운데서 난 기꺼이 고독과 휩쓸렸지요. 군중 속의 고독이라는 말이 실감 날 정도로 고독의 늪에서 춤을 추었으니까요.

릴케가 쓴 『로댕론』에 보면 이런 문구가 있어요.

"로댕은 무명시절에는 참으로 고독했지만 유명해지고 나서는 더욱 고독했다."

내가 처음 이 문구를 읽었던 이십 대 중반에는 무슨 말인지도 정확하게 깨닫지 못했죠. 그러나 고독한 생활을 수십 년 하고 난 지금에서야 폐부 깊숙이 와 닿네요. 그래요. 홀로 있든, 둘이 있든, 가족과 있든, 연인과 있든, 무엇을 하든 알고 보면 누구나 혼자이지 않은 사람은 없어요. 혼자이기에 고독하죠. 다만 고독하다는 사실을 크게 느끼거나 적게 느낄 뿐이에요. 절대로 고독이 나쁘지는 않아요. 자신 속으로 빠져들어가 고독과 마주하는 시간을 가졌을 때 민낯의 순수하고 순결한 나와 마주하니까요. 가장 고독하면서도 맑은 나를 만나니까요. 가장 정직하고 적나라한 내 모습과 대화하죠. '나는 누구인가, 왜 사는가'를 스스로에게 질문하죠. 다시 말해 내 안의 순수한 나와 마주할 때 늘 지나온 시간을 돌아보게 되죠. "30년 동안 괜찮게 살았네. 아니면 그동안 어떻게 버텨왔을까!" 그렇게 지난 시간에 대해 어떻게 살아왔으며 그것이 최선이었던가를 반성도 하고 성찰하게 되죠.

그러면서 앞으로의 생은 어떤 목적을 가지고 어떻게 살아야 하는지를 스스로에게 묻고 다짐도 하죠. 또 그에 대한 해답을 찾아 노력하게 돼요. 이전의 삶, 앞으로의 삶에 대한 선과 악을 되짚어 보며 존재의 이유와 가치를 찾는 귀한 시간이 되죠. 그 시간이 바로 참된 내 모습을 발견하는 순간이고 또 조금씩 어른이 되어가는 과정이기도 하죠. 고독한 나의 참모습을 발견했을 때 나에 대한 연민이 생기고 또 나를 더 많이 사랑하고 응원하고 용서하고 칭찬하겠다는 마음이 강해지니까요.

청춘 시절 고독한 영혼 속에서도 많은 것을 꿈꾸었죠. 첫째는 아이들에게 사랑받는 충실한 선생님이 되기를 꿈꾸었고, 둘째는 가치 있는 생을 살기 위해 글을 쓰는 것도 놓치기 싫었습니다. 또 세 번째로는 가족의 구성원으로서의 책임을 다하기 위해 애를 썼죠. 5년 후에는 아름다운 궁전을 지어 왕족으로 살리라 꿈꾸었죠. 그러나 낯가림이 심해 타인과의 소통이 매끄럽지 못했어요. 기회가 많았음에도 불구하고 스스로 차단시켜 화려한 꽃길을 걷는 기회를 걷어찼죠. 그러나 하나의 문이 닫히면 반드시 다른 문이 열렸어요. 교사를 포기하고 은둔으로 들어서면서 독자들에게 사랑받는 작품을 발표하게 되었으니까요. 작가 생활은 나에게 고독을 부채질했죠. 나를 위로하며 타일렀죠. 그리고 나는 대답했어요. "괜찮아, 어떤 경우에도 비굴하지는 말자. 그럼에도 궁핍하게 되면 금기와 금욕과 겸허함으로 수도승修道僧처럼 살면 돼. 어떠한 경우에도 정직하고 자존감을 잃지 마." 어쩌면 오래도록 단련되어 익숙해졌기 때문에 웬만한 결핍에도 웃어 넘기는 마음 덕분에 단단한 작가로 살고 있는지도 몰라요.

무엇보다도 그 숱한 고독과 마주한 시간에도 끊임없이 나를 재촉하고 절제하며 응원하고 위로했으니까요. 고독함을 탓하지 않고 진심으로 연민하며 살았기에 이렇게 고독한 글을 사명으로 여기며 쓰고 있으니까요. 아마도 고독의 글을 사랑하게 된 것도 오랜 경험에서 체득한 산물일 테지요. 여전히 나는 처절하게 고독하다고 고백하죠. 무언가 눈에 보이지 않고 손에 잡히지 않아 마구 사정없이 휘둘릴 때는 고독에 풍덩 빠져보라고 말하죠. 고독이 인간을 얼마나 순수하고 정직하고 겸손하게 길들이는가를 느낄 테니까요. 작은 것에도 감사할 줄 아는 마음을 갖게 할 테니까요. 그래서 지극히 작고 평범해도 충분히 풍요로움을 느끼게 될 테니까요. 순수한 고독에 빠져보면 깨닫게 되죠. 마음으로 보고 느끼는 진실을 안게 되죠. 그러니까 고독과 연애를 하면 무언가가 손에 잡히죠. 그것이 기쁨의 눈물이든, 성취의 행복이든 선명하게 안게 되죠.

고독이 얼마나 많이 훈련시켜 지금의 나를 있게 해주었는지 감사할 뿐이에요. 여리디여린 나에게 많은 성숙을 안겨주었으니까요. 고독했던 시간이야말로 축복의 시간이었어요. 적당히 타협하며 살고 싶을 때마다 고독과 마주하며 울었어요. 아파하는 민낯의 나를 보며 울었으니까요. 남보다 더 많이 노력했음에도 불구하고 실패하여 주저앉은 나를 홀로 일으켜 세워 위로해 주던 때도 고독의 시간이었어요. 너무나 아름다운 유혹에 휘둘려 휘청거렸을 때 나를 잡아주던 것도 고독이었어요. 지독한 고독과 연애를

했기에 나의 민낯을 볼 수 있었고 내 안의 내가 기뻐하는 일이 무엇인지 알게 되었으니까요. 오래도록 고독과 연애를 했기에 대단한 존재가 아니더라도 자아를 찾아 작가로 살아가고 있으니까요.

한없이 흔들릴 때에는 어둠 속에 촛불을 켜서 내밀한 나를 불러 마주하죠. 벌거벗은 나와 마주하게 되면 한없이 여린 나와 만나게 되죠. 그때 생의 간절함을 깨닫게 되니까요. 고독은 결국 나를 찾는 깨달음이에요. 나를 존재하게 하는 이유가 되고 살게 하는 힘이에요. 생에 있어 정직하게 있는 그대로 받아들이는 것만큼 아름다운 진실은 없어요. 아프고 싶고, 울고 싶고, 지독하게 외로울 때는 고독에 빠져 봐요. 푹 빠졌다가 깨어나면 모든 게 선명해지고 심플하게 정리가 되니까요. 고통의 쓴 즙을 담대하게 마셔버리면 아픔이 무엇인가를, 눈물이 무엇인가를, 고독이 주는 선명한 깨달음을 안게 되니까요. 깨달음 이후의 시간은 짐작할 거예요. 작은 것에도 새로운 빛을, 웃음을, 만족의 가치를 느끼게 될 테니까요. 생의 진정한 가치를 발견하게 되어 깊숙이 자신을 사랑하게 될 테니까요.

어른으로 산다는 것은

어른이 된다는 것은 무엇일까요? 사전에 보면 어른은 '다 자란 사람, 또는 다 자라서 자기 일에 책임을 질 수 있는 사람'이라고 명시되어 있어요. 누구나 스무 살이 되면 성인임을 증명 받는 신분증을 갖게 되죠. 19금의 정보를 보거나 원하는 대로 술과 담배를 즐기고, 부모의 동의가 없어도 할 수 있는 일들이 많아지죠. 그러나 그것들은 껍데기뿐인 어른이에요. 진정한 어른은 나이가 많은 것을 말하지 않아요. 생물학적, 사회학적으로 대접받는 '어른다운' 어른을 말하는 거죠. 일반적으로 결혼을 하고 가정을 이루면 비로소 어른이 되었다고 말하죠. 그러나 그것만으로도 진정한 어른이 되었다고 할 수 없어요. 어른이 된다는 것은 지혜로운 판단을 할 수 있어야 해요. 다시 말해 진실과 거짓, 내 것과 남의 것, 선과 악을 정확히 분별할 수 있어야 해요. 그러려면 깊은 사유뿐 아니라 다양한 경험을 해야죠. 탁월한 지식과 풍부한 경험이 바로 반듯한 지혜를 안겨주니까요. 젊은 사람보다 나이 든

사람이 지혜로운 이유는 그만큼 지식과 경험이 많기 때문이에요. 물론 다 그렇다는 건 아니에요. 예외도 분명 있어요.

작가 알랭 드 보통은 "어른이 된다는 것은 냉담한 인물들, 속물들이 지배하는 세계에서 우리의 자리를 차지한다는 것"이라고 했어요. 다시 말해 어른이 된다는 것은 내 자리를 스스로 노력해서 만든다는 것이에요. 그래서 반듯한 내 자리를 차지하는 것이죠. 가정에서의 내 자리, 직장에서의 내 자리, 다시 말해 누구를 만나든 분명한 내 자리가 존재하는 것을 말해요. 어디를 가나 자리를 찾지 못해, 자리가 없어 서성이는 사람들이 있잖아요. 분명한 내 자리가 없으면 이 자리에 앉아보고 저 자리에 앉아보고 하면서 허둥대잖아요. 자신의 이름 세 글자가 정확하게 쓰인 그 자리를 스스로 노력해서 만들어야 진정한 어른이 되는 거예요. 가정에서나, 직장에서나 내 이름이 새겨진 내 자리가 존재한다는 것, 내가 앉든 앉지 않든 내 자리가 있다는 것, 그것이 진정한 어른이죠.

그렇게 되기 위해서는 우선 나의 정체성을 정확히 파악해야죠. 내가 누구이고 무엇을 해야 많은 것을 갖게 되고 이룰 수 있는지를요. 내가 좋아하는 것을 분명하게 알아야 해요. 정체성을 영어로 'identity'라고 하는데요. 우리말로는 '구별하다'가 되겠죠. 다시 말해 남과 구별되는 특별한 '나'를 의미하죠. 남과 다른 생각, 행동, 좋아하는 것, 싫어하는 것, 잘하는 것 못하는 것 등의 취향, 성향 모두를 말하는 것이에요. '나다운 어른, 진정한 어른'으로의 첫걸음은 나를 사랑하고 존경하는 마음이 있어야 해요. 다시 말해 자존自尊, 영어로 표현하면 'Self-respect'가 되겠죠. 세상의 기준과 평가에 얽매이지 않는 자신감은 자존감이 주는 최고의 선물이에요. 자존감이 강한 사람은 타인에 대한 지나친 의식을 경계하고, 가식적이거나 위선적이지 않으며 자신이 믿는 일에 충분한 에너지를 쏟죠. 아무리 힘들어도 꿋꿋이 버티게 해주는 힘은 자존감이에요. 틈틈이 내면의 민낯을 성찰하게 하는 것도 자존감이 강하기 때문이에요. 자존감이 높으면 무엇을 하든 긍정적으로 받아들이며 신뢰하게 되죠.

나의 자리를 만들고 나서 그다음에는 '어른다운' 행동을 해야죠. 어른으로서의 책임과 의무를 다해야죠. 집안에서는 가장으로서, 남편으로, 아내로, 자식으로 책임을 다하고 직장에서는 직책에 맞게 역할을 잘 해야죠. 모든 곳에서 맡은 바 역할을 잘 수행해 내는 그 순간이 진짜 어른이 되는 거예요. 스스로 선택한 것들에 대한 무한한 책임을 느끼며 반듯하게 수행해내야 한다는 거죠. 실수나 실패를 해도 스스로가 방패막이가 되는 것, 스스로 책임을 질 수 있는 능력을 갖는 것, 그것이 진정한 어른이에요. 또 세상에서 가장 힘들고 어려운 일이 어른으로 살아가는 것이에요. 어른 노릇, 어른답게 사는 것이 가장 어려운 것 같아요. 데이비드 리코가 쓴 『사랑이 두려움을 만날 때』에 보면 '어른에게는 두 가지 임무가 있다고 했어요. 가는 것과 되는 것to go and to be. 어른으로 성장하기 위한 첫 번째 임무는 도전, 공포, 위험 그리고 어려움이 있어도 그냥 가는 것이고, 두 번째 임무는 그것에 대해 인정을 받건 받지 못하건 간에 단호하게 자신의 길을 가는 것이라고 했어요. 다시 말해, 누구에게 의지하는 것에서 완전히 벗어나 스스로 선택한 것에

대해 끝까지 도전을 하고 그 결과에 대해서도 스스로 책임을 진다는 거죠.

세상에는 수많은 어른이 있고 각자 자기 방식대로 살아가요. 자신이 살아온 방식대로, 아니면 자신에게 가장 만족스러운 방식을 새롭게 만들어가죠. 사실 어떤 어른으로 어떻게 살아야 한다는 특별한 기준은 없어요. 하지만 어른이 된다는 것은 우리 마음 안에 있는 선과 악을 비롯한 다양한 힘들을 한쪽으로 치우치지 않게끔 적절히 조절하고 통제할 수 있어야 한다는 걸 의미해요. 가끔 수많은 선택의 순간과 마주하며 살기에 그런 과정에서 때로는 비굴해지거나 치졸해질 수도 있어요. 수많은 위험으로부터 나를 보호하며 살아야 하기 때문이죠. 누구나 사춘기를 겪으며 방황과 혼돈을 경험하며 지금 나의 길로 가고 있는지를 끊임없이 묻고 대답하죠. 그에 대한 해답은 시간이 한참 흐른 후에나 알 수가 있잖아요. 또 현실과 타협하거나 적응하는 요령을 습득해야 하니까 힘든 거예요. 어른이 된다는 것, 철이 든다는 것은 현실에 잘

적응한다는 것이기도 하니까요. 맘에 들든 들지 않든 스스로 현실 속으로 파고들어 동화되는 거죠. 그러면서 나다운 색깔을 가진 반듯한 내 자리를 차지하는 거예요. 나만이 주인이 되는 내 이름 세 글자가 선명하게 박힌 내 자리를 갖는 거예요.

또 나이가 적든 많든 간에 분명한 내 자리가 있으면 대접을 받게 되죠. 진정한 어른은 나이순이 아니에요. 나이가 어려도 반듯한 생각과 행동으로 책임과 의무를 다하면 자리가 만들어지고 또 대접을 받게 되니까요. 어디를 가든 가장 중요한 자리에 앉는 것, 선명한 내 자리가 존재한다는 것, 그것이 아마도 모든 사람이 꿈꾸는 진정한 어른이 아닐까 해요. 최고의 대접을 받는 자리도 누구의 힘으로 만들어진 자리가 아니라 스스로 노력해서 만들어야 해요. '어른다운 어른'으로 대접받으면서 베풀 수 있는 어른이 되어야 하는데 쉽지가 않아요. 작가로 사는 나도 나이가 들수록 '어른'이란 말, 참 무겁게 느껴져요. 정말이지 세상에서 제일 힘들고 어려운 것이 '어른 노릇'하며 사는 것이 아닐까 해요. 한두 살씩 나이가 들면 그 나이에 맞게 행동해야 하고, 행동에 대한 책임을 다

해야 '어른 값'을 하는 어른이 될 테니까요.

아프리카 격언에 이런 말이 있어요.

> '노인 한 명이 죽는 것은 도서관 하나가 사라지는 것과 같다.'

무척 의미심장한 말인데요. 노인이라는 것은 생로병사, 즉 인생의 미션인 태어나고 늙고 병들고 죽는 네 가지 큰 고통 중에 세 가지를 다 겪고 살아남은 이들이에요. 마지막 한 가지 남은 미션, 죽음을 앞에 두고 있는 이들이고요. 산전수전 다 겪어 쓴맛 단맛을 다 경험하고 살아낸 이들이기에 세상을 바라보는 시야도, 이해의 폭도 깊고 넓다는 것이죠. 그러니 어려운 상황에 처한 젊은이들이 침착하게 적절하게 대응할 수 있도록 지혜를 주게 되죠. 흑과 백으로 구분되는 젊은이들에게 수많은 색을 품은 다양한 색의 조화를 알려주는 것도 어른의 역할이니까요.

그러고 보면 어른이 된다는 건 참으로 어려운 일이에요. 온전

히 나만 생각하며 순수하게 무언가를 좋아하는 것, 그 마음을 내려놓아야만 진정한 어른으로 다시 태어나니까요. '나'만 생각하던 것에서 벗어나 '우리'를 생각해야 하고 나의 색과 타인의 색을 잘 섞어야 하니까요. 나뿐만 아니라 남편이나 자식, 부모도 챙겨야 하고, 주변 사람들도 챙겨야 하니까요. 그럼에도 유연한 사고로 젊은이들과 화합하는 그런 어른, '토닥토닥 쓰담쓰담' 해주며 묵묵히 응원해주는 어른이 필요하죠. 가족처럼 든든하고 친구처럼 따뜻한 그런 어른 말이에요. 내가 겪은 경험을 그들에게 지혜로 나눠줄 수 있는 어른, 나만 옳은 것이 아니라 타인도 옳다는 것에 무한한 지지를 보내는 것, 행여 잘못된 행동을 하더라도 스스로 깨우칠 때까지 조언하며 묵묵히 기다려주는 어른이 필요하죠. 밤새도록 생의 희비喜悲를 마음으로 나누며 함께 깊어가는 겨울밤을 하얗게 샐 수 있는 어른 말이에요. 물론 갓 피어난 예쁜 봄꽃과 잘 물든 단풍이 하나가 된다면 더욱 아름답겠죠?

보통의 여행자로 산다는 것은

산다는 것이 비슷하게 보이지만 꼭 그렇지는 않아요. 어떤 사람은 생을 이해할 수 없는 픽션처럼 살고 또 어떤 사람은 이해가 가는 논픽션처럼 사니까요. 또 어떤 사람은 매일매일 눈물 없인 볼 수 없는 감동의 다큐멘터리를 찍으며 살고요. 누구의 생이든 사명감을 가지고 출발하지만 뜻대로 되지 않는 일이 많다 보니, 세상이 공평하지 않다는 생각을 하게 되죠. 내 삶을 돌아보더라도 최선을 다해 살려고 했지만 때로는 이해할 수 없는 소설의 주인공이 되기도 하고 또 때로는 평범한 사람처럼 살기도 하고 때로는 눈물 없인 볼 수 없는 다큐멘터리의 주인공이기도 했으니까요. 두려움에 떨면서도 도전하다가 실수도 하고 실패를 하지 않기 위해 몸부림치다가도 상처받고 상처를 주기도 하며 살았던 것 같아요. 어쨌든 한평생 좀 더 유쾌하게 즐기려면 해야 할 일이 있어야 하고, 희망하는 것이 있어야 하고 반드시 사랑하는 사람이 있어야 해요.

오래전 일이지만 '회사원이 되느냐, 작가가 되느냐'의 갈림길에 섰을 때 뱃멀미를 심하게 하면서도 청산도에 갔었죠. 영화 '서편제'의 촬영지였던 황톳길과 노란 유채꽃, 초록의 청보리가 유난히 나의 눈길을 끌었던 아름다운 섬 청산도에서의 큰 결심이 이렇게 운명처럼 작가로 살게 만들었으니까요. 글을 쓰면서 밥을 먹고 있지만 그때 회사원으로 돌아갔다면 시인이 아닌 다른 삶을 살고 있을지도 모르죠. 사람의 운명이 바뀔 기회는 여러 번 있지만 위기라고 생각이 들 때가 아닌가 싶어요. 위기가 왔다고 느껴지면 그때가 다시 못 올 기회인 것 같아요. 기회는 잠깐 한눈판 사이에 다른 곳으로 떠나는 것이에요. 기회는 한곳에 오래 머물지 않는 습성이 있으니까요. 머뭇거리다가 놓치게 되죠. 기회라는 생각이 들면 죽을힘을 다해 꼭 붙들어야 해요. 물론 기회인지 아닌지를 정확하게 판단하는 지혜는 풍부한 경험에서 나오니까요.

소설 『잃어버린 시간을 찾아서』의 작가 마르셀 프루스트는 지혜를 얻는 방법에는 두 가지가 있다고 했어요. 하나는 편안히 앉아서 배울 수가 있고 또 하나는 스스로 체험을 통해 배운다는 것이에요. 한평생을 살면서 우리는 두 가지를 다 배우고 경험하게 되죠. 가정에서, 학교에서, 사회에서 배웁니다. 우리의 생은 예기치 않은 문제가 수없이 일어나고 그로 인해 고통에 빠져드는데 그 고통을 이겨내는 지혜는 학습을 통해 얻는다기보다는 살면서 고통과 부딪치며 헤쳐 나가는 과정에서 습득하게 되죠. 또 학습을 통해 배운 지식은 체험을 통하지 않았기 때문에 머리에 입력되지만 몸을 움직이는 역할은 하지 못하죠. 몸으로 마음으로 체험하지 않았기 때문에 지식이 뇌에 저장은 되겠지만 체험에서 나오지 않아 내 것이 되는 지혜는 아니라는 것이에요. 그러니까 지식이 많이 쌓이면 학교 우등생이 되지만 체험이 많이 쌓이면 사회 우등생이 되는 거예요.

물론 '사람은 땅에서 태어나 땅으로 돌아간다'는 불변의 진리를 누구도 부정할 수 없어요. 사람의 고향은 땅, 자연이니까요. 땅에서 태어나 땅으로 돌아가는 것이 사람의 운명이니까요. 죽어서 천국으로 가고 지옥으로 간다는 말은 육체는 썩어 흙이 된다고 해도 정신은 죽지 않고 혼이 된다는 말이에요. 알고 보면 리허설도 복습도 없는 단 한 번의 여행, 지금 내 곁에 있는 사람들, 멀리 있는 사람들, 모두가 나처럼 지구별에 불시착한 여행자라는 거죠. 그러니까 누구든지 길어야 100년을 사는 거죠. 그럼에도 불구하고 수천 년 살 것처럼 권력과 돈에 목을 매고 있어요. 눈앞의 이익을 위해서 어제의 적이 오늘의 친구가 되고 어제의 친구가 오늘은 적이 되기도 하고 사람을 죽이고, 재물을 빼앗고 온갖 흉악한 범죄를 저지르고 있어요. 길지도 않은 생인데 말이에요. 고통을 주고 고통을 받으며 오래 사는 것보다 적당히 건강하게 사는 것이 좋을 텐데요. 부러질 듯 가늘고 길게 사는 것보다 튼실하게 굵고 짧게 사는 것이 좋을 텐데요.

그러니까 이렇게 꾸준히 글을 쓰면서 세상과 나와 소통하고 있는 것도 따지고 보면 그 바람 때문이죠. 그 누군가 어떻게 살았냐고 물으면 글을 쓰며 행복하게 살았다고 말하고 싶어서요. 누구는 최고의 기업가가 되어 수많은 사람을 먹여 살려 좋았다고 당당하게 말할 테고, 청소를 하며 살았지만 세상을 깨끗하게 해서 즐거웠다고 말하는 이도 있겠죠. 피식 웃으며 한 여인을 죽도록 사랑하다 시간을 다 보냈다고 말하는 이도 있을 거고, 아까운 목숨을 여러 명 죽였다며 눈물로 후회하는 사람도 있겠죠. 저마다 스토리 많은 생을 고백하겠죠. 그러니까 죽음 앞에서 행복했느냐, 행복하지 않았느냐는 마지막 질문을 받게 되면 진실을 말하겠죠. 수많은 사람을 먹여 살린 대기업 회장이라도 행복하지 않았다고 말할 수가 있고, 세상을 깨끗하게 청소하며 살아온 가난한 청소부가 행복했다고 대답할 수 있으니까요. 성공은 객관적인 평가로 가늠하지만 행복은 오로지 주관적인 마음이니까요.

모두 내려놓고 빈손으로 가야 하니까요. 저세상에 가져가봐야 사용할 수도 없으니까요. 명예와 지위도 저세상에서는 아무 소용이 없어요. 다 내려놓아야 하니까요. 그러니까 넉넉할수록 조금씩 내려놓고 나누는 연습을 해야죠. 한꺼번에 내려놓고 비우기는 쉽

지 않잖아요. 욕망을 줄이고 지나침을 경계하면서요. 그러고 보니 행복한 여행자로 살다가는 것, 별것 아니에요. 해야 할 일에 대해, 사랑하는 사람에 대해, 희망하는 것에 대해 아름다운 마침표를 남기는 거예요. 유쾌하게 살다간 흔적, 그저 이름 석 자만 남기는 거예요. 너무 많이 남기려고 애쓰지 말아요. 사랑하는 이들에게 편안한 미소를 남기고 단숨에 날아가야죠. 한 마리 새가 되어 가볍게 훨훨 날아올라야죠. 나중에 림보limbo라는 사후세계의 문턱에서 들어설 때 누군가가 지구별 여행이 어땠냐고 물었을 때 불쑥 '괜찮았다'고 대답하면 잘산 거죠. 행복한 여행자로!

레 미제라블

울긋불긋 모두에게 아름다움을 안겨주었던 단풍도 나뭇가지에서 거침없이 추락하여 어느덧 앙상해졌어요. 몇 개 남지 않은 붉은 잎들도 떠나는 가을을 아쉬워하며 애타게 흔들리네요. 이 가을의 끝자락, 누구는 떠나가는 가을이 아쉬워 길 위에서 아픈 방랑을 할 것이고, 누구는 부산하게 새로운 손님, 겨울 마중을 준비하겠죠. 오늘따라 그리스 시인 소포 클래스가 남겼던 "내가 헛되이 보낸 오늘은 어제 죽은 이가 그토록 바라던 내일이다"라는 말이 가슴 아프게 다가오네요. 누군가 그토록 간절하게 바라던 하루만, 한 달만 시간을 달라고 외치는 목소리가 들리네요. 이 순간을 가볍게 살고 있지는 않은지를 차분히 돌아보게 하네요. 하루가 쌓여 1년이 되고, 그 1년이 쌓여 10년이 되고 그렇게 모든 나날이 쌓여 70년, 80년, 한평생이 되지만. 스스로에게 '잘 살아왔다'는 말을 남길 만큼 1초도 헛되이 보내지 않으려고 애쓰죠. 그러나 생의 곳곳에는 넘어야 할 높은 벽이 너무나 많잖아요.

수시로 돌부리에 넘어지고, 몸을 다치고, 입원하고, 다시 회복해서 일상에 돌아오지만 두려움은 나이가 들수록 커지는 것 같아요.

특히 예기치 않은 사고와 맞닥뜨릴 때 마음이 무너져 내리잖아요. 예를 들면, 갑작스러운 지인의 죽음이나 건강검진을 받았는데 어디가 많이 안 좋아 수술을 해야 한다면 평상심을 잃게 되죠. 흔히 하는 말, 아등바등 살지 말라고, 즐기며 살라고, 다 부질없다고, 이런 표현은 살면서 마음이 무너졌을 때 내뱉는 말이잖아요. 마음이 무너져 내리는 경험은 있을 거예요. 다만 그 충격이 크고 작은 차이뿐이란 거죠. 그럼에도 더 열심히 살아가는 것은 나름대로 삶의 이유가 분명하기 때문이죠. 아무리 몸이 아프더라도 꾸준히 약을 먹으며 치료하는 것은 어제보다 덜 아프고, 어제보다 조금 더 편안하게 될 거란 희망이 있기 때문이잖아요. 아픔을 견디며 밥을 먹고 운동을 하는 거죠. 견뎌내지 못하면 살아있어도 지옥과 같을 테니까요. 아프든, 아프지 않든, 현재가 어떻든 간에 진실하게 목적지, 올해의 희망을 마무리하기 위해 나아가야 해요.

누구나 기쁘기도, 슬프기도 하면서 희망을 향해 꿋꿋이 가게 되는 거예요. 12월에 소망하는 것, 올해 계획했던 것을 아름답게 마침표 찍기 위해 뚜벅뚜벅 가는 거예요. 어제보다 덜 실수하고 조금 더 애쓰며 직장에서, 가정에서, 학교에서 즐겁게 보내야 해요.

산다는 것은 모두 비슷하죠. 다만 조금 더 많이 넉넉하고 부족하다는 차이만 있는 것 같아요. 모두에게 박수 받는 가장 성공한 사람일지라도 내밀한 곳을 들여다보면 부끄럽고 후회되는 것들은 있으니까요. 아무리 길 위에 선명하고 큼직한 발자국을 찍었을지라도 아쉬운 미련은 남으니까요. 가끔 돈이 행복, 성공이라고 착각하지만 곰곰이 따져보면 행복의 조건일 뿐 진실한 행복이라는 것은 현재의 만족이라는 거죠. 가끔 가까운 누군가가 도와달라며 손을 내밀 때 두툼한 봉투를 내어주며 "힘내"라고 위로한다면 그것도 만족이죠. 줄 수 있는 것이 많다는 것은 분명 잘 살았다는 거예요. 물질적으로 커다랗게 나누지는 못해도 밥 한 끼, 커피 한 잔으로도 얼마든지 나눌 수가 있어요. 나눔 속에 저절로 미소가 번지게 되고 해맑게 웃게 되는 거잖아요. 대단한 '무엇'이 아니라도 행복은 느낄 수가 있어요. 일상에서 얼마든지 말이죠. 시간에 끌려다니지 않고 시간을 끌어가며 살아야 해요. 돈으로 많은 것을 살 수 있지만 시간은 돈으로 살 수가 없잖아요.

도스토옙스키가 쓴 소설 『백치』에 '5분'이란 문구가 있는데요. 사형대 위에 있는 젊은 사형수를 향해 집행관이 이렇게 말하죠. 사형 전 마지막 5분을 주겠다고. 마지막으로 남은 생의 5분을 사용하라고. 젊은 사형수는 이렇게 말하죠.

> "이제 이 세상에서 숨 쉴 수 있는 시간은 5분뿐이다. 2분은 동지들과 결별하는 데, 다음 2분은 세상을 하직하는 순간 나 자신을 위해, 최후의 1분은 이 세상을 마지막으로 봐 두기 위해 주위를 돌아보는 데 쓰기로 했다."

만일 지금 남은 생의 시간이 5분이라면 그 마지막 5분을 어떻게 써야 할까요? 갑자기 아득해지고 헛헛해지는데요. 이 생에서의 남은 시간이 마지막 5분이라면… 어찌해야 하나요? 나에게 그런 날이 온다면 나는 첫 번째로 내 소중한 작품집들과 눈물로 인사하고, 두 번째로는 부모, 형제, 나를 사랑하는 사람들에게 고맙다는 인사를 하고, 마지막으로 나의 분신인 아이와 두 손 꼭 잡고 눈맞춤을 해야죠. 살면서 잘해주지 못한 것들을 들춰내기보다는 둘이어서 행복했던 때를 말해주며 웃어야죠. 북받치는 울음을 꾸욱 삼키며 미안하다는 말보다는 고맙다는 말, 행복했다는 말, 사랑한다는 말을, 멀리서도 지켜주겠다는 말을 해야죠. 가족으로, 책임과 의무를 다하지 못했더라도 사랑하는 인연으로 맺어진 것에 대한 감사의 인사를 해야죠. 울지 말고 웃으면서 차분히 경건하게 마지막 인사를 나누어야죠.

생각해보면 생이 얼마 남지 않은 이들에게는 돈보다 시간이 전부가 되죠. 남아있는 시간이 곧 생명이니까요. 진다는 것은 쓸

쓸하고 비참하고 불쌍하잖아요. 몽테뉴는 이런 말을 했어요.

"누가 당신에게 돈을 꾸어달라면 당신은 주저할 것이다. 그런데 어디로 놀러 가자고 하면 당신은 쾌히 응할 것이다. 사람은 돈보다 시간을 빌려주는 것을 쉽게 생각한다. 만일 사람들이 돈을 아끼듯이 시간을 아낄 줄 알면 그 사람은 남을 위해 보다 큰일을 하며 크게 성공할 것이다."

그렇죠. 돈은 벌 수가 있지만 시간은 돈으로 살 수가 없잖아요. 그러니 언제 어디서 멈출지 모르는 나의 시간을 지혜롭게 사용해야죠. 정확한 분별력으로 지금 해야 할 일, 나중에 해도 되는 일, 가장 중요한 일, 가장 본질적인 것을 구분하면서요. 시간을 지혜롭게 관리하는 것은 내 생을 관리하는 것이니까요. 생의 시간을 잘 관리하면 한 번쯤은 붉은 태양처럼 아름답게 타오른다는 거예요. 다만 그 시기가 빠르거나 늦을 뿐이에요. 뜨는 해든, 지는 해든 짧은 순간 마음을 움직이는 '무엇'이 된다는 것은, 참으로 아름다운 생이에요. 붉게 타올랐다가 쓰러져가면서도 선연한 여운을 남기니까요. 이렇게 또 무수히 고민했던 페이지가 넘어가네요. 계절

속으로 사라지네요. 나도 언젠가 쓸쓸하게 지는 불쌍한 사람이 되겠죠.

신이시여! 가난하고 비참하고 불쌍한 나에게 힘을 주소서! 레미제라블Les Miserables!

유리창 밖으로 감나무에 홍시 하나, 안간힘을 쓰며 버티고 있네요. 쏟아지는 바람, 깊게 내려앉는 어둠이 이별하네요. 아! 가을도, 사랑했던 사람도… 지네요. 추억만 남기고 모두가… 지네요!

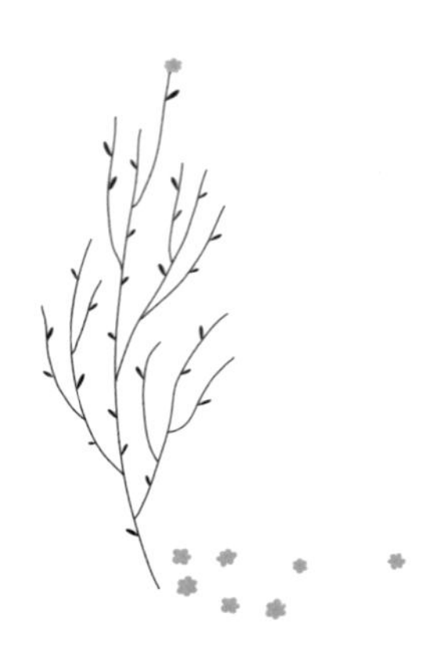

친구야, 쉬어 가자

친구야, 쉬어 가자.
힘들거든, 다 내려놓고
잠시 쉬어 가자.

감기가 걸리는 것도, 몸이 아픈 것도
쉬어 가라는 거다.
사연 없는 사람, 상처 없는 사람이 어디 있더냐.
다 그렇게 주고받으며 산다.

잠시 동안 하던 일을 놓아두자.
사색하며 지켜보는 것도 괜찮다.
쫓기듯 살아온 지난 시간을 돌아보자.
따뜻한 커피 한 잔, 한 편의 휴먼 영화,
마음을 편안하게 해주는 음악을 들으며 쉬어 가자.

그래도 힘들거든 산으로, 바다로 떠나자. 다 쏟아내자.

상처를 받은 것도 상처를 준 것도 내가 아픈 것도 어제의 일이다.
억울한 것 있으면 토해내자.
울고 싶으면 실컷 울자.
눈치 보지 말고 크게 소리 내어 울자.
훌훌 쏟아내자.

맘껏 칭찬하자.
아낌없이 박수치자.
기꺼이 보상하자.

때를 놓치지 말자.
꽃이 피면 사랑도 핀다.
꽃이 지면 사랑도 진다.
기쁠 땐 끝이 보이도록 웃고,
슬플 땐 끝이 보이도록 울자.

친구야, 쉬어 가자.
힘들거든, 다 내려놓고
잠시 쉬어 가자.

새벽 2시,
헤세를 만나다

가을이 문턱 가까이서 춤추는 새벽 2시, 혼자 깨어 헤르만 헤세의 시를 읽었어요. 헤세의 시는 내 생의 여정과도 같아요. 헤세의 'Allein(혼자 가는 길)'이 그래요. 서른 즈음부터 얼핏 설핏 읽다가 지금은 영원한 동반자처럼 자주 읽는 시가 되었어요. 나이가 들어가면서 더욱 폐부 깊숙이 파고든다고나 할까요? 아마도 나이가 든 탓이겠죠. 헤세의 시에서도 나와 있듯 누구나 첫걸음을 혼자서 떼고 나면 다음 걸음부터는 수월해지죠. 말을 타고 가기도 하고, 차를 타고 가기도 하고 먼 길을 홀로 견디며 가잖아요. 물론 가다가 다치기도 하고 두려워 멈춰 서 있기도 하고 죽을 만큼 힘들어 숨어 울 곳을 찾아 쪼그리고 앉아 많이 울기도 하잖아요. 그럼에도 아무 일 없다는 듯 다시 세상 밖으로 나와 허허 웃으며 아침을 맞죠.

이제 삶의 중턱, 살아온 날보다 살아갈 날이 많지 않으니까 보이네요. 세상도 보이고, 가족도 보이고, 이웃도 보이고, 친구도 보이네요. 다 내려놓으니 보이게 되고 보이는 모두가 이제는 애틋해요. 사소하지만 나를 섭섭하게 했거나 힘들게 했던 일까지 이해가 되고 용서가 되죠. 시인으로 살면서 헤세의 작품을 무척 좋아하게 되었는데 그 이유는 작품 속 주인공의 여정이 나와 너무 비슷하기 때문이에요. 헤세는 불행한 일들을 경험했어요. 아들과 아내의 질병, 그리고 이혼, 또 전쟁을 통해 인생의 어둠 속에서 헤매고 고뇌했죠. 그의 글은 짧고 단아한 행간 속에 인생을 관통하는 철학적 교훈이 있거든요.

그의 시 '혼자 가는 길'에도 나와 있지만 누구든 '마지막 한 걸음은 혼자서 가야 한다'는 문구가 왠지 코끝을 찡하게 만들어요. 첫걸음도 혼자, 마지막 한 걸음도 혼자여야 하잖아요. 혼자서 왔다가 혼자서 가는 것이 인생이니까요. 생이라는 것이 중요한 결정은 혼자서 해야 하고, 본질적이고 치명적인 사실도 때로는 마음속에만 담아두어야 하잖아요. 가족에게도 숨길 수밖에 없는 비밀이

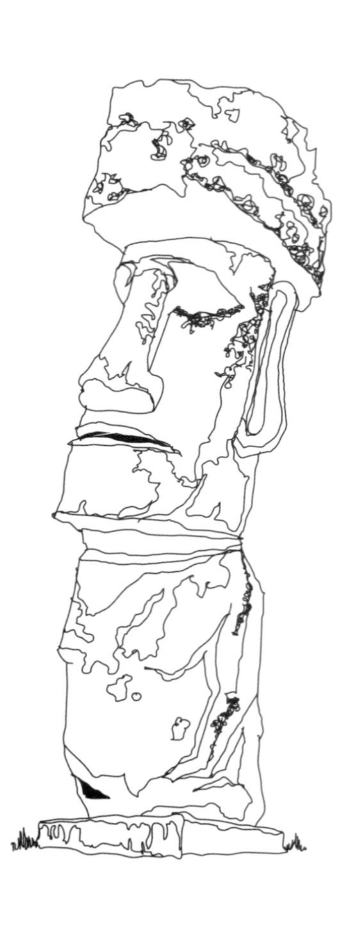

있고 친구들과 나누지 못할 어려운 상황이 더러는 있잖아요. 그래서 더욱 처절하게 고독한 것이 인간인 것 같아요. 아무리 고독이 쓰나미가 되어 덮쳐도 내 안의 순수한 '나'라는 방향키가 있기에 결정적인 순간에는 정신을 차리게 되죠. 고독을 통해 위기를 체험하기도 하지만 그 혼란의 파도가 가라앉고 나면 한 단계 성숙해져 반듯한 통찰력을 갖게 되죠.

어떤 생이든 고독은 숙명인 것 같아요. 물론 더불어 부대끼면 서로에게 도움을 주기도 하지만 역설적으로 고독하고 독립적인 존재이기 때문에 서로 의지하며 돕는지도 몰라요. 고독은 스스로 감당하는 지능과 통찰력이 있기에 버거워도 견디게 되는 거예요. 그러면서 스스로 지

나온 시간을 돌아보고 앞으로 나아갈 길을 찾아 한 걸음씩 나아가는 것이에요. 한 걸음이든 두 걸음이든 타인과의 관계를 생각하며 행동해야 하기 때문에 고민하는 거죠. 그래서 관계 속에 혼돈, 번민과 갈등이 끊이지 않는 것이고요. 그럼에도 스스로 고독한 존재라는 것을 인정하며 그 외로움을 홀로 극복해야 아름답게 성장할 수 있어요.

나무가 서로 같이 하면서도 마주 쳐다보지 않으며, 철로가 같은 방향을 달리면서도 서로 만나지 않듯 알고 보면 고독하지 않은 것이 없어요. 고독하기에 존귀한 존재이고요. 그럼에도 덜 고독하려면 인간관계에 있어 인격의 강과 존중의 다리가 필요한 것 같아요. 그 역할을 사람이 하기도 하지만 노래나 책, 영화가 대신하기도 하죠. 특히 시는 맹목적인 삶에 빠진 이에게 은밀하게 혼자라는 힌트를 주죠. 사랑의 맹세, 축복과 응원, 위로의 날개 같은 것들이 함께 하다가도 어느 날 갑자기 하늘로 날다가 추락한다는 거죠. 무엇을 하든 목적지를 향해 서둘러 가는 빠른 걸음보다는 여백을 가지고 느리게 가면서 눈에 들어오는 풍경에 취하며 가자는 것이에요. 가끔 지치고 힘들 때나 생의 방향키를 잃었을 때 한 편의 노래나 시를 읽으면서요. 아마도 '멈춤'과 '쉼'에 있어 선명한 위로를 안겨줄 테니까요. 물론 '멈춤'과 '쉼'이 더한 방랑과 혼란을 안겨주어 영원한 안주 속에 빠지게 할 수도 있죠. 그러나 그들 속에서 '진실'을 발견한다면 충분히 그로부터 힘을 얻어 당당하게 앞을 향해 상쾌한 한 걸음을 내디딜 수가 있겠죠.

세상은 여전히 기온이 30도를 오르내리고 거리를 서성이는 뙤약볕은 무섭지만 곧 온몸을 휘감는 서늘한 기운이 가을을 물어다 놓을 거예요. 폭염을 견딘 곡식과 과일, 그것을 잘 가꾼 농부의 일손이 고맙기에 수확은 위대한 것이죠. 곧 여름의 잔해는 파랗게 질려 슬금슬금 떠날 것이고 안간힘을 다해 울어대던 매미도 흙먼지로 돌아갈 것이에요. 모래시계 속의 모래가 아래도 흘러내리듯이 모든 것은 떠나가죠. 무언가를 성취한다는 것은 곧 허무의 시작이잖아요. 생의 완벽이 열매로 완성될 때 또 침몰이 시작되는

것처럼요. 오늘따라 반백 년 전에 죽은 헤세의 목소리가 왜 이토록 간곡하게 들릴까요? 단순히 생존하는 것이 아니라 나답게 존재하는 근원은 'Allein(혼자 가는 길)'이라는 거예요. 그러니까 '나'가 진정으로 존재할 수 있도록 노력하라고요. 나에게 무심한 눈길을 거두고 온화한 시선을 주라고요. 그리하여 멈춰버린 모든 것을 살게 하여 다시 춤추게 하라고요. 그래서 아무런 걱정이 찾아들 틈 없이 오래도록 유쾌해지라고요.

당신의 안부를 묻습니다

'당신의 안부를 묻습니다'를 창작할 즈음 백석의 시에 푹 빠져 있었어요. 가장 좋아하는 백석의 시는 '나와 나타샤와 흰 당나귀'인데요. 특히 "가난한 내가 아름다운 나타샤를 사랑해서 오늘 밤은 푹푹 눈이 나린다" 이 구절을 좋아해요. 백석과 그의 연인 기생 자야의 애잔한 마음이 담겨 있어 사랑의 시를 쓰는 데 모티브가 되었죠. '그리운 당신에게 안부를 묻습니다'도 후미진 동네 커피하우스에서 백석의 시집을 읽다가 10분 만에 쓰게 되었어요. 물론 죽도록 사랑했던 그때 그 사람을 떠올리면서 말이죠. 아프리카 속담에 '사랑에 빠지는 것은 사랑을 유지하는 것보다 쉽다'고 했어요. 또 프로스트는 시 '가지 않은 길The Road Not Taken'에서 아무리 잘 살아도 돌아보면 후회와 미련은 남는다고 했어요. 사랑도 마찬가지예요. 죽도록 사랑해도 후회는 남는 거니까요. 완벽은 없으니까요. 다만 마음이 편안한 사랑을 해야 아름다운 꽃을 피운다는 거죠. 사랑의 폭풍우는 감정의 늑골을 수없이

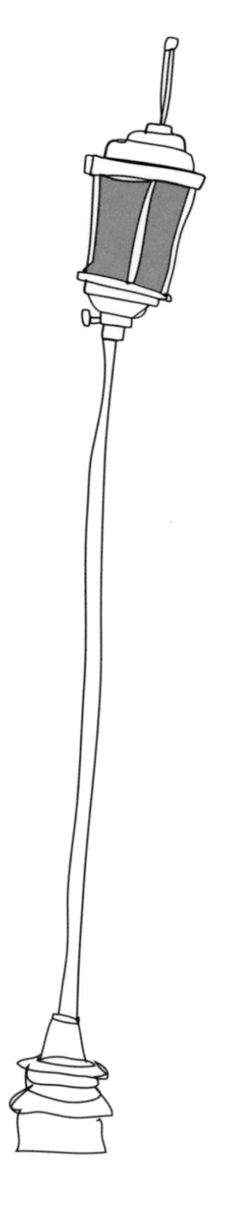

찢었다가 붙이죠. 때로는 희열로, 고통으로, 눈물로, 웃음으로. 지치고 무기력한 삶을 말랑하게 해주는 카본블랙, 그것이 사랑이에요.

어쨌든 사랑은 그리움의 집을 짓는 것이고 마음으로, 몸으로, 눈으로 보아야 주인이 되는 거예요. 쾌락, 아름다움, 확신, 그리고 자발적 희생이 있어야 오래도록 지속이 되고요. 그러고 보니 사랑도 맹목적일 때 순수하고 이성적일 때 이기적인 것이 된다고 해야 하나요?

추억을 간직해야 해요. 안부가 궁금한 사람이 있어야 해요. 그것이 때로는 살아가는 이유가 되고 힘이 되니까요. 긴 그림자 되어 노을 지는 날, 세느 강변에서 첫 키스의 추억을 떠올리며 시인 예이츠는 그의 시 〈사랑의 슬픔〉에서 '사랑을 하니 그대와 함께 세상의 눈물이 모두 들어왔다'고 했어요. 기쁨의 눈물 반, 슬픔의 눈물 반을 합친 것이 사랑이에요. 쾌락과 고통을 모두 껴안아야 사랑의 길이 고속도로처럼 끊기지 않고 죽 이어지죠. 행여, 끊기더라도 다시 이어집니다. 사랑할 때가 있으면 떠날 때가 있어요. 일생에 한 번 울다가 가시나무 새는 떠나가죠. 천 일을 견디다 삼천 송이의 꽃을 피우는 호텔펠리니아도 하루를 사랑하다 떠나죠. 떠나야 할 때는 떠나야

해요. 프시케를 떠나간 에로스처럼요. 그래야 집착이 되지 않고 새로운 길을 열게 됩니다. 떠나는 것은 영원한 이별이 아니라 새로운 길을 만드는 첫걸음이니까요. 새로운 역사를 시작하는 거예요. 중후하고 고급진 월계수처럼 칭찬과 영광, 승리로 한곳에 영원히 뿌리내리는 아름다운 오늘의 주인공이 되어 보아요. 안부가 그리운 사람을 떠올려 보아요. 환하게 웃으며 대답하는 동그란 얼굴이 하늘을 가득 채우지 않나요? "나, 잘 지내요. 당신, 잘 지내나요?"라고 묻고 대답하지 않나요?

감사하고 또 감사하며

우리는 안 좋은 상황에 처했을 때마다 내 탓보다는 남 탓을 먼저 생각합니다. 내 탓으로 여기며 그마저도 감사하며 살아야 하는데 그렇질 못하죠. 『탈무드』에 이런 말이 있어요.

'세상에서 가장 지혜로운 사람은 배우는 사람이고, 세상에서 가장 행복한 사람은 감사하며 사는 사람이다.'

그래요. 감사하는 마음은 사람이 가질 수 있는 마음 중 가장 귀하고, 소중하고, 가장 값진 마음이에요. 감사하는 마음이 있어야 나와 인연을 맺은 사람들도 넉넉해지고 함께 행복의 꽃을 피우게 되는 거예요. 감사는 소통과 신뢰를 쌓게 하며 가장 값진 열매를 선물하죠.

미국의 가정에서는 아이가 태어나면 맨 처음 가르쳐주는 말이 감사Thanks라고 해요. 처음 배우는 행동과 말도 감사이기에 그들은 언제 어디서나 감사를 생활화하고 있어요. 유교 문화에 익숙한 우리는 감사를 밖으로 표현하기가 쉽지 않아요. 큰 부담도 가

질 필요가 없이 자연스럽게 말하면 되는데도 그 감사의 표현에 수줍어 망설이다가 기회를 놓치는 경우가 많아요. 감사도 타이밍을 잘 맞춰야 해요. 건강한 생활을 위해서는 감사가 몸이 기억할 정도로 습관화되어야 해요. 진정으로 감사하게 되면 그 사람과의 인연이 매우 특별하게 되죠.

아인슈타인은 "감사할수록 더 많은 것을 얻는다"고 했어요. 감사를 공감, 친절, 용서와 같이 묶어 이야기하는 사람도 있어요. 감사하는 마음이 있어야 신뢰가 쌓여 공감도 끌어내고 마음과 마음이 진정으로 소통하게 되는 거죠. 소통이 되면 당연히 친절하게 되고 배려하게 되고 어떠한 실수도 기꺼이 용서하게 되죠. 감사는 마음속 아픔을 치유해주며 감추어진 불안과 분노를 잠재우는 데도 도움을 주죠. 감사할수록 부정이 긍정으로 혼돈이 질서로 바뀌어 생활이 단순하고 선명해지죠. 생활이 단순하고 선명해지면 편안해지니까요. 편안함이 행복이니까요.

그렇다면 어떻게 해야 감사하는 생활을 할까요? 가장 먼저 자신에게 감사해야죠. 작은 것에도 칭찬해주고 격려하고 응원하고 사랑해야 어떤 일에도 용기를 잃지 않고 당당하게 도전하게 되죠. 도전해야 자신감도 생기고 무언가를 얻게 되죠. 하나라도 내 힘으로 얻은 것은 소중하죠. 소중한 것을 얻게 되면 자신을 칭찬하게 되고 자신에게 감사하는 마음이 생기잖아요. 자신을 비하하고 멸시하고 책망하고 부정하면 보이는 것들도 아름답지가 않아요. 감사하는 생활의 시작은 나부터예요. 나에게 가장 먼저 감사해야 타인에게도 감사하게 되니까요. 감사는 좋은 에너지를 불러일으키고 분위기를 반전시켜 기쁨과 여유를 안겨주죠. 어디서든 누구에게든 좋은 일이든 나쁜 일이든 감사해야죠.

감사는 또 모든 것을 새롭게 바꿀 수가 있어요. 그러니 감사는 최고의 힘이 되는 거죠. 감사하는 마음으로 도전한다면 이루지 못할 것은 거의 없어요. 이리저리 뒤엉킨 일이라도 감사한다면 천천히 풀리게 되니까요. 지금 모든 일이 꼬여가기만 하고 잘 풀리지 않는다면 작은 것에서부터 감사해 보아요. 엄마가 만들어준 시원한 오이냉국 한 그릇에도 "맛있어요", 직장 동료가 건네는 시원한

냉커피 한잔에 "감사해요", 은행에서 시간에 쫓겨 허둥대는 나에게 모르는 사람이 번호표를 바꿔주며 양보하면 또 "감사해요"라고 말해 보아요. 사소하지만 웃음과 함께 뭉클한 따뜻함이 마음속에 채워지니까요. 주저하지 말고 당장 실천해 보아요. 내 주변부터 시작되는 작은 감사가 점점 퍼져나가야 세상 모든 곳이 큰 감사로 이어지니까요.

'나 하나쯤이야'라고 주저하지 말고 '나부터' 용기를 내어 시작해 보아요. 내가 먼저 움직이면 주변 사람들이 움직이게 되고 주변 사람들이 움직이면 세상이 움직이게 되죠. 감사하는 세상으로 바꾸는 힘! 그것은 나로부터 시작된다는 것을 잊지 마요. 모두가 감사하는 세상이 되어야 멋진 세상이 되는 거예요. 멋진 세상이 돼야 모두가 바라는 아름다운 세상, 행복한 세상이 되는 거죠. 지금 당장 감사해 보아요. 가족에게, 동료에게, 친구에게, 이웃에게, 감사의 메시지를 전해 보아요. 어머니 감사해요! 아버지 감사해요! 선배님 감사해요! 후배님 감사해요! 이웃님 감사해요! 그 한마디가 더 나은 멋진 세상, 아름다운 세상으로 이끌 테니까요.

아름다운 용서

살면서 가장 힘들고 어려운 일이 무엇일까? 그것은 바로 용서인 것 같아요. 그렇다면 용서는 무엇이며 우리는 왜 용서를 해야 할까요? 용서는 영어로는 'forgive', '위한다'는 'for'와 '주다'란 의미를 지닌 'give'의 합성어예요. 영어에서 의미하는 것처럼 '누구'를 위해서 '누구'에게 한없이 베푼다는 말인데요. 한 평생을 살면서 가장 힘들고 어려우나, 꼭 해야 할 일은 아름다운 용서예요. 살면서 한 번쯤은 누군가를 위해 아름다운 용서를 해야 해요. 잘못 없는 삶이 어디 있겠어요? 살면서 가장 아름다운 일은 사랑하는 것이고 또 사랑하면서 주고받는 갈등을 아름답게 용서하는 것이에요. 한문의 용서容恕를 풀어놓은 것을 보면 '두 사람의 얼굴容에 같은如 마음心의 모습이 보이는 것'이죠. 이것은 사람의 마음은 얼굴에 비쳐 보이는 것으로, 둘 중 어느 한 사람이 조금이라도 언짢으면 얼굴이 밝지 않다는 것이에요. 다시 말해 어떤 언어로 해석해도 용서는 내가 먼저 손을 내밀어야 한다는 것이죠.

타인의 죄를 죄로서 인정하고 처벌하는 것과 죄를 범한 타인을 증오하는 것을 구별하고, 증오를 극복할 때에 용서하는 마음이 생기죠. 용서는 절대 없던 일로 하는 것이 아니에요. 용서는 이미 일어난 과거를 지우는 것도, 이미 저지른 과오를 잊는 것도 아니에요. 용서는 모든 것을 다 내려놓고 처음의 마음으로 돌아가는 것이에요. 물론 용서에도 쉬운 용서가 있고 어려운 용서가 있어요. 나의 능력이 충분해서 잘 풀리면 '쉬운 용서'일 것이고, 일을 풀어나가려고 애를 상당히 쓰는데도 잘 안 풀리면, 그것은 '어려운 용서'가 되는 거죠. 어쨌든 용서도 마음이 움직이려 하는 시점에 해야죠. 그때가 지금 여기라면 주저 말고 해야 해요. 지금, 여기에서 용서를 구하고 용서를 받아야 해요. 마음에서 우러나는 용서가 되어야 진정한 용서가 되는 것이고 또 용서가 받아들여지면 몸과 마음이 자유로워지죠. 자유를 찾는 것, 그것이 용서의 끝이니까요.

용서할 일이 어떻게 생길까요? 살면서 누군가에게 도움을 주고 또 도움을 받잖아요. 그런 과정에서 상대방에게 피해를 주기도 하고 상처를 입기도 하잖아요. 타인에게 폐를 끼칠 때는 사과를 하고, 타인이 나에게 폐를 끼칠 때는 사죄를 받는 거잖아요. 사죄를 받아들이는 행위가 용서예요. 누군가를 용서하기 위해서는 우선 상대를 확실히 인식해 두어야 해요. 근본적으로 악한 사람인지, 단순히 잘못 생각을 해서 그런지 등을 정확히 알아야 해요. 그에 따라 상대의 죄가 어떤 것이고, 어느 정도인지를 인식하는 게 되니까요. 용서는 나를 아프게 한 사람의 행위를 잊는 것이에요. 그러니까 용서하지 않으면 내가 아프고 자유롭지 못하게 되죠. 그래서 힘든 거고요. 그럼에도 용서하기란 쉽지가 않아요. 내가 가진 재물이나 권력을 내려놓는 것보다 더 힘든 일이 용서니까요.

『탈무드』에 보면 '참회懺悔하는 자에게 그전의 죄과罪過에 대하여 생각하게 하지 말라'고 적혀 있어요. 루소는 '과실을 부끄러워하라. 그러나 과실을 회개하는 것을 부끄러워하지 말라'고 했죠.

생각해보면 용서는 스스로 끝없는 죄의 고백과 참회가 반복되면서 이루어지는 거예요. 잘못을 뉘우치고 마음을 새롭게 고쳐먹어야 섭섭한 마음, 증오의 마음 모두를 내려놓을 수가 있어요. 진정한 용서는 자유를 찾는 것이고 또 스스로를 따뜻하게 위로하는 것이에요. '위로한다'는 말은 무엇일까요? 사전적 의미로는 '따뜻한 말과 행동으로 괴로움을 덜거나 슬픔을 달래준다'는 거예요. 그러니 말과 행동이 일치하여 용서하는 사람, 용서받는 사람 모두의 괴로움과 슬픔을 달래줄 수 있어야 해요. 진정한 용서는 화해도 함께 이루어져야죠. 진정한 화해란 정의가 함께 실현되는 거예요. 다시 말해 화해는 용서에서 한걸음 더 앞으로 나아가는 거예요. 결국 완전한 용서라고 한다면 마음의 용서와 마음의 위로, 그리고 마음의 화해를 말하는 거예요.

작가 헤르만 헤세는 용서에 대해서 이렇게 말했어요.

"누군가를 미워하고 있다면, 그 사람의 모습 속에 보이는 자신의 일부분을 미워하는 것이다."

또 생텍쥐페리는 그의 소설 『어린 왕자』에서 이렇게 말했어요. '세상에서 가장 힘든 일은 사람의 마음을 얻는 일'이라고요. 그렇죠. 한평생을 살아가면서 사람을 만나 사랑하고 이해하고 배려만 하다가 싸움이 났을 때 그를 하염없이 용서하기란 쉽지가 않죠. 그럼에도 용서를 해야죠. 그 이유는 '용서는 나를 위한 것'이니까요. 용서는 혼자 하는 것이 아니에요. 용서는 두 마음을 진정으로 나누는 것이에요. 아무런 조건 없이 내려놓는 거예요. 용서에 '만일'이라는 단서가 붙는다면 상대적인 용서가 될 뿐이에요. 나아가 상대가 빌면서 사죄하기를 기다린다면 그것은 계산된 용서일 뿐이고요. 사람들은 도덕적으로나 법적으로 용서받으면 진정한 용서라고 생각하지만 용서했다고 생각하면서도 억울하고 분한 마음이 가시지가 않잖아요. 그런 경우에는 진정한 용서라고 할 수가 없어요. 진정한 용서는 계산하고 이익을 추구하는 머리가 아니라 모든 것을 다 받아들이고 끌어안아 나 스스로 평화롭고 자유로워지는 마음을 말하죠. 가벼워지는 마음, 평화로운 마음, 한없이 자유로워지는 마음, 그것이 바로 섭섭함, 미움, 원망, 분노를 다 내려놓은 진정한 용서라 할 수 있어요.

그러니까 마음으로 누군가를 용서하기란 쉽지가 않은 거예요. 용서는 돈으로 사고팔 수도 없어요. 나에게 피해를 준 누군가를 미워하고 그가 잘못되기를 바라는 마음은 어쩌면 사람의 본성인지도 몰라요. 살다 보면 머리는 용서를 했다고 하지만 마음은 여전히 용서가 안 되는 일이 많잖아요. 미운 감정이 앞서고 화가 나기 때문에 쉽게 용서가 되지 않는 거잖아요. 그럴 때에는 시간의 힘을 빌리는 것이 좋아요. 시간이 흐르면 지독한 미움도 작아지거나 잊혀지니까요. 따지고 보면 아주 작은 것을 쉽게 용서하지 못할 때가 많아요. 그리고 용서하지 않는 시간이 길수록 마음이 무겁고, 아프고, 힘이 들죠. 그러나 반대로 용서하면 마음이 편해지고 더 건강하게 살 수가 있어요. 내가 웃어야 용서받을 사람도 웃을 수가 있어요. 용서도 부메랑이에요. 내가 용서하면 나중에 그 누군가에게 용서를 받을 일이 생겨요. 다 내려놓고 먼저 용서하는 마음을 전할 때 아름다운 용서라 할 수 있어요. 두 마음 모두가 편

안해질 만큼 완전하게 교감이 되어야 아름다운 용서라 할 수 있어요. 아름다운 용서가 이루어지는 순간 용서하는 사람, 용서를 받는 사람, 그것을 지켜보는 모두의 입가에 웃음이 번지죠. 몸도 마음도 새털처럼 가벼워지고 보이는 세상이 아름답게 느껴질 때 그때가 가장 아름다운 용서, 완전한 용서가 이루어진 순간이에요.

무너지지만 말아

누구나 실패를 하는 거야.
다만 실패를 부끄러워하지 마.
이기는 사람과 지는 사람의 차이는 분명해.
이기는 사람은 위기 속에 강해지고
지는 사람은 위기 속에 무너지는 거야.

이기는 사람도 실패는 두려워해.
다만 실패한 것에 대해 부끄러워하지는 않아.
지는 사람도 실패를 두려워해.
다만 실패한 것에 대해 부끄러워한다는 거야.
어쨌든 실패도 하고, 후회도 하고 상처도 있어야 해.
따지고 보면 이 세상에 필요 없는 경험은 없어.
반듯한 지혜는 반드시 경험을 통해 만들어지거든.

사는 동안 얼마나 실패할지 몰라.
그러나 실패가 많으면 그만큼
성공의 기회도 많아진다는 거지.
다만 수없이 실패해도 마음만 무너지지 않으면 돼.
마음이 무너지면 일어서지 못하거든.
마음이 무너지지 않으려면 단단해야 돼.

머리에는 반듯한 지혜를,
가슴에는 뜨거운 열정을,
두 발에는 강인한 용기를 가져야 해.
실수하고 실패하고 쓰러지더라도 무너지지만 말아.
마음이 무너지면 포기하게 되는 거잖아.
그러니, 죽을 만큼 힘들어도
마지막 끈은 잡고 있어야 해.
마음이 무너지지만 말아.
그러면 되는 거야.

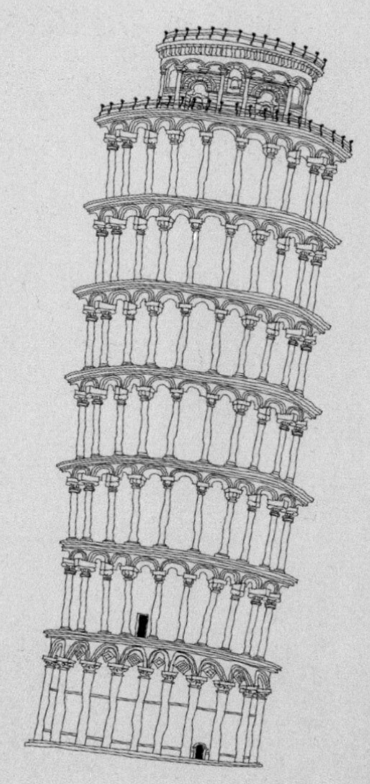

빨간 신호등

빨간불이라고 하면 뭐가 떠오를까요? 빨간 신호등? 경고등? 그렇죠. 무언의 경고죠. 말 그대로 빨간불이에요. 멈추라는 신호죠. 잘 살려고 다들 정신이 없어요. 그러나 가끔 의욕이 없고 아무것에도 관심이 없어지는 심드렁한 상태가 찾아온다면, 기쁜 일이 생겨도 감동받지도 않고 감수성이 실종된 상태가 찾아온다면, 허무감에 빠진다면 그때가 생의 빨간 신호등을 만났다는 거예요.

"이렇게 살아도 되는 걸까? 나한테 정말 소중한 건 무얼까?"

이런 상태가 바로 생의 빨간불이 반짝거리는 시기예요. 아무것에도 흥미가 없어지는 때. 그럴 때에는 무조건 잠시 쉬어야 해요. 계속하면 모든 것이 뒤엉켜버려 수습할 수 없는 상태가 되죠. 연거푸 빨간 신호등이 깜박거리며 경고하죠. 빨간 신호등을 만나게 되면 "사는 게 재미없어. 지겨워 죽겠어"라는 말을 수시로 내뱉죠. 그대로 두면 깊은 수렁, 권태기에 빠집니다. 지쳤다는 거

예요. 다 귀찮다는 거예요. 몸과 마음이 지쳤을 때는 마음이 이끄는 곳으로 가야 해요. 다 내려놓고 쉬어야 해요. 방전된 배터리를 충전해야죠.

물론 빨간불이 켜졌을 때에는 멈추어야 해요. 지나온 길을 돌아보며 잘 가고 있는지를 확인하며 현명하게 대처해야죠. 그래야 다시 푸른 신호등을 만나 즐겁게 보낼 수 있어요. 생각해보면 나도 참 오래도록 빨간 불 앞에 서 있었죠. 수시로 반짝이는 경고등 앞에서 참 많이 방황하고 억울해하기도 했어요. 지금도 경고등 앞을 오갈 때에는 무작정 건너지 않고 기다리죠. 신호등이 바뀔 때까지 서두르지 않고 기다려야 해요. 무작정 건너가지 않고 차분히 기다리다 보면 마음이 편안해지고, 안정이 되니까요. 멈추어 서서 기다리다 보면 욕심도 집착도 떠나가니까요. 집착이 사라지니 마음이 이끄는 것에 정확히 몰입하게 되고 대단하지는 않지만 손에 쥐는 것이 있어요. 얻는 것이 있으니 만족감이 따라오고 감사하는 마음도 생겨요.

나도 한때는 급한 마음에 빨간 신호등인 줄 알면서도 무단횡단을 해서 다치기도 하고 소중한 것들을 잃었죠. 하나를 갖기 위해 전부를 걸었던 적도 있어요. 아무리 애써도 내 힘으로 안 되는 일은 반드시 있었으니까요. 아마도 그 깨달음이 나를 겸손하게 만들고 어른으로 성장시킨 것 같아요. 차를 끌고 운전을 해서 한 번을 여행해도 예정된 시간에 정확하게 목적지에 도착하는 일은 드물잖아요. 그러니까 살면서 연속적으로 빨간 경고등이 계속되더라도 생을 포기하거나 주저앉지는 말아야죠. 잠시 흔들리고 방황하여 낯선 길로 들어서더라도 반드시 돌아 나와야죠. 늦더라도 나의 길로 가야 하니까요. 늦다고 생각할 때가 적당한 때죠. 위기가 바로 기회니까요. 다만 다시 내 길로 들어서면 지혜로운 분별력으로 목표물에 가까이 다가서야 합니다. 가는 과정에서 또 다른 기회를 만나니까요. 가만히 앉아있으면 기회는 나를 피해 다른 곳으로 이동합니다. 무엇을 하든 기회라 생각이 들면 붙들어야 합니다. 모든 것을 걸고서라도.

철학자 토머스 홉스는 법과 위엄이 없는 사회에서의 인생을 "짧고, 불쾌하며, 미개하고 빈곤하다"고 했어요. 이 말끝에 붙어야 할 수식어는 과연 무엇일까요. 나는 이 뒷말에 "그럼에도 불구하고"라는 수식어를 더하고 싶어요. 그럼에도 불구하고 도전하고, 그럼에도 불구하고 주어진 일에 최선을 다하고, 그럼에도 불구하고 스스로에게 정직하고, 그럼에도 불구하고 실수도 하고, 그럼에도 불구하고 멈추어 서서 우두커니 멍 때리기도 하라는 거예요. 실패도 하고 성취도 하라는 것이에요. 그 과정을 거쳐야 마음이 다 자란 어른이 된다는 거예요.

생의 길섶을 운전하다 보면 시야에 보이는 저 멀리까지 빨갛게 번진 신호등이 있어요. 고장 난 브레이크에 작동도 제멋대로일 때가 있어요. 불안감, 초조감에 짜증이 날 때가 있어요. 답답하리만치 진행되는 것 하나 없이 답보적인 상태, 그래서 좌절하고, 절망하고, 자괴감에 빠질 때가 있어요. 그렇다고 짜증내서는 안 되죠. 묵묵히 기다리면 푸른 신호등은 다시 켜질 테니까요. 생은 기이한 것이에요. 어떤 일이 잘되어 나간다고 해서 모든 것이 순조롭게 되지는 않으니까요. 돈은 모았으나 가정생활에는 펑크가 날 수 있고, 세상은 성공했다고 말하지만 정작 본인은 행복하다고 말하지 않을 수도 있으니까요. 가진 것도 별로 없고 성공하지도 않았는데 스스로 행복하다고 말하는 사람이 있잖아요.

그러고 보면 이 세상에 영원한 빨간 신호등, 영원한 푸른 신호등은 존재하지 않아요. 물론 오래도록 빨간 신호등 아래 머물러야 할 때가 있겠지만 지나가도록 기다려야 해요. 때로는 인내심도 길러야 희망은 존재하고 생의 질서는 정직하게 운행이 되니까요. 그러니까 행복, 불행은 흐름이 있는 상태의 변화예요. 그것은 나뿐 아니라 이 세상을 살아가는 누구에게나 적용되죠. 다만, 누군가에게 항상 푸른 신호등만 켜져 있는 것처럼 보인다면, 그건 아마 그것을 받아들이는 이의 여유로운 대처 때문일 거예요. 빨간 신호등이 켜졌다면 조급해하거나 시간을 빼앗긴 것처럼 생각하지는 말아야죠. 앞으로 한걸음 더 나아가기 위한 잠시의 쉼이라 생각하면 그만이에요. 인생의 신호등은 파랑이든 빨강이든 그것을 받아들이는 자의 마음에 달려있으니까요. 지금 빨간 신호등에 서 있다고 생각이 들면 주변 탓, 남 탓하기 전에 왔던 길을 냉정하게 돌아보면 됩니다. 무엇이 잘못인지 찾아내어 속도를 줄이더라도 정확한 방향을 찾으면 됩니다. 그것이 푸른 신호등을 만나는 가장 빠른 방법이니까요. 푸른 신호등이라고 자만하지 말고 빨간 신호등이라고 좌절하지만 않으면 됩니다. 신호등은 바뀌게 되어 있으니까요. 인생의 신호등은 '여기'까지가 아니라 '여기'부터 '저기'까지 쭉 계속되는 것이니까요.

EPILOGUE

당신이 행복하길 바랍니다

내게 사랑의 의미를 갖게 해준
당신에게 감사드립니다.

당신 때문에 참 많이 아팠고
당신 때문에 참 많이 슬펐지만
그 아픔도 슬픔도 아름다웠습니다.

아픔이, 슬픔이 아름다울 수 있다는 것을
내게 가르쳐 준 당신
그래서 당신을 사랑하는지도 모릅니다.
나, 당신을 사랑할 수 있어 참 행복합니다.
당신 때문에 여전히 아프고 슬프지만
이 고통이 언제 끝날지 알 수 없지만
당신을 사랑하게 된 걸 후회하지 않습니다.

만일 당신이 내 곁을 떠난다 해도
난 당신을 영원히 사랑할 것입니다.

이제는 당신이 아프지 않기를 바랍니다.
이제는 당신이 슬프지 않기를 바랍니다.
당신이 행복하기를 바랍니다.
이 세상에서 가장 행복한 사람으로 살기를 바랍니다.

order
here
HOT & COLD BEVERAGES
HOT
COLD
HOT
COLD

나는 아직
괜찮습니다

초판 1쇄 발행 2018년 9월 15일
초판 2쇄 발행 2019년 2월 20일

지은이 | 김정한
펴낸이 | 임종관
펴낸곳 | 미래북
편　집 | 정광희
표지 디자인 | 김윤남
본문 디자인 | 디자인 [연:우]
등록 | 제 302-2003-000026호
주소 | 서울특별시 용산구 효창원로 64길 43-6 (효창동 4층)
마케팅 | 경기도 고양시 덕양구 화정로 65 한화 오벨리스크 1901호
전화 02)738-1227(대) | 팩스 02)738-1228
이메일 miraebook@hotmail.com

ISBN 979-11-88794-17-1 03800

값은 표지 뒷면에 표기되어 있습니다.
잘못된 책은 구입하신 서점에서 바꾸어 드립니다.